年少时的喜欢,

是秘而不宣。

王璐琪 著

山东文艺出版社

图书在版编目（CIP）数据

世间始终你好/王璐琪著.—济南：山东文艺出版社，2020.8
ISBN 978-7-5329-6135-1

Ⅰ.①世… Ⅱ.①王… Ⅲ.①长篇小说—中国—当代 Ⅳ.①I247.5

中国版本图书馆 CIP 数据核字（2020）第 070520 号

世间始终你好
SHIJIAN SHIZHONGNIHAO

王璐琪　著

主管单位	山东出版传媒股份有限公司
出版发行	山东文艺出版社
社　　址	山东省济南市英雄山路 189 号
邮　　编	250002
网　　址	www.sdwypress.com
读者服务	0531-82098776（总编室） 0531-82098775（市场营销部）
电子邮箱	sdwy@sdpress.com.cn
印　　刷	山东新华印务有限责任公司
开　　本	880mm×1230mm　1/32
印　　张	8
字　　数	177 千
版　　次	2020 年 8 月第 1 版
印　　次	2020 年 8 月第 1 次印刷
书　　号	ISBN 978-7-5329-6135-1
定　　价	36.00 元

版权专有，侵权必究。如有图书质量问题，请与出版社联系调换。

目录
Contents

第一章　借我执拗如少年 ……… 001

第二章　你好吗，我很好 ……… 077

第三章　我喜欢 ……… 125

第四章　世间始终你好 ……… 185

尾　声 ……… 233

番外一　一封没寄出的信 ……… 239

番外二　答案 ……… 241

后　记 ……… 245

第一章

借我执拗如少年

1

深冬,越城下起了罕见的暴雪,大片的雪花如白石棉般被撕扯下来,从天空砸落在湿滑的地面上。交通受阻,行人在雪地里缓慢前行,一辆白色大巴被迫停住了,司机不耐烦地鸣笛,一时间震耳欲聋。

温暖的大巴车厢内,卫晟南歪头呆坐着,她看烦了外面的风景,拉开手提包,掏出一本《流行病理学》细细研读。

"小姑娘,学医的?"旁边的老大爷慈祥地问道。

"是的。"卫晟南微笑着,礼貌地答道。

老大爷称赞说:"学医蛮苦的,很有毅力啊,是自己喜欢吗?"

可能是车重新启动的原因,卫晟南失去了平衡,她迟疑片刻,一瞬间有些失神,随即点了点头:"喜欢。"

"能够做自己喜欢的工作,实在是件令人幸福的事情。"老大爷靠着椅子后背,昏昏睡去。

卫晟南继续看书,书中夹着一张颇有年代感的语文试卷,姓名一栏写着颜科,但答题的字迹却是她的。她的心一颤,乱了阵脚。

一个月前，卫晟南收到了一封信，没有留姓名，寄信人地址处写的是越城一中实验一班，里面是张空白的结婚请柬，时间为一周后，请柬里夹着这张语文试卷。

犹豫再三，卫晟南还是向院士请了假。院士叫刘默柏，是业内少见的杰出女性代表。她见一向连周末都主动请缨加班的卫晟南居然请假，故意调侃道："莫非是有喜了？要回家做新娘？"

卫晟南笑笑："怎么可能，我可是连男友都没有的人啊。"她刻意隐瞒了家中给安排的相亲对象。

刘默柏面有难色。

若是往常，卫晟南请假她一定批准，但现在不行。刘默柏再有几个月就退休了，她是想被返聘的。但半年前，空降了一名海外归来的主任，院里明摆着要培养他接替刘默柏的位子，即便返聘，恐怕也只是挂名。

卫晟南是她最信任的助手，刘默柏不想她走，多问了几句，卫晟南一语不发。刘默柏看着卫晟南从一个刚毕业的小丫头走到现在的位置，对她的性格知之甚深，倘若不是急事，她不会请假。

犹豫再三，刘默柏还是批了假条。

递交了请假条，卫晟南又跟比她大几岁的师兄吴处交接工作。

"稀罕啊，"吴处一边往电脑里导入卫晟南负责的项目文件，一边说，"周末都不愿意休假的人，居然在这当口儿要回家。"

卫晟南明白他话里的意思，刘默柏要退了，正是单位暗潮汹涌的时候，但她没多解释。她不是一个擅长表露心中想法的人，即便是相处多年的同事，也始终保留几分。

"有急事给我电话，我立马赶回来。"卫晟南温和地表达了自己坚定的立场。

吴处问："怎么这么着急回去？不像平时的你啊。"

卫晟南知道自己此举反常，遇到有关他的事情，她就乱了阵脚。

无论你是27岁，还是47岁，再或者是87岁，只要碰见17岁时遇到的那个人，便时光倒溯，重返17岁。

思绪又回到书中，车身晃荡犹如摇篮，卫晟南看了一会儿也跌入了梦乡。这一觉睡得沉稳，再醒来时，司机已经开始广播说即将到站，请大家收拾行李，准备下车。

卫晟南揉揉干涩的眼睛，对着车窗玻璃，把头发用皮筋绑在脑后。半长不长的头发最恼人，绑了几次才绑成了半丸子头。

下车已经夜深，车辆极少，只能听到密集的沙沙落雪声。

她从包里取出伞，伞柄很长，伞把上挂着一条小小的手编中国结。因为时间太久了，中国结脏脏的，颜色发腻。卫晟南用指尖抚摸着中国结，踏上故土，有关他的一切扑面而来。

也是这样的雪天，颜科把伞递到她的手里。为避嫌，他没与她共用伞下那片没雪的空间，而是与她并肩前行，谨慎地保持着距离。走了一段路，他的发梢便白了。

雪白的地面上站着颜科挺拔的身影，对比强烈，刀刻一般刻进卫晟南的心里，她望着颜科的幻影，悄悄地在心中说："好久不见，颜科。"

颜科双手抄兜，大步往前走去。

微弱的路灯下，只有自己的一排脚印清晰可见。卫晟南看着这排脚印，再看看雪中的幻影，一晃神似乎回到从前。也是这样的雪天，少年模样的颜科斜背着书包，不打伞走在前边。他的肩膀上、头上都落了雪，不时回回头，冲打伞的卫晟南一笑。

哦，那个雪白的少年。

2

十年前的越城,马路没有现在宽敞,路边都是些灰头土脸的门市店,最繁华的街道从东边走到西边,半小时就可以搞定。白天,《北京欢迎你》24小时循环播放,音响开得惊天动地,以至于卫晟南被严重洗脑,直到今天一哼歌还是这个旋律。

夏日的夜晚,桌子板凳搬出去,就成了夜市大排档。每家都装着投影仪,反复播放着北京奥运会,闭幕式的大灯笼亮得红火。

那时候,大街小巷仍能见到为地震灾区捐款的大红色募捐箱,杀马特造型也才刚开始流行,无论男女,头发都染成五颜六色的。为了显得"冷酷",大家惜字如金,只用眼神传递感情。

卫家所住的家属楼距离一中不过百米,卫晟南每天步行上学。那时,父亲单位分的房子还未装修好,他们一家五口就挤在一套四十平方米的房子里。

走进教学楼,从楼梯往下走的是教化学的刘老师,他是卫晟南爷爷退休前带的最后一届学生。

迎面又碰上生物老师,她即将退休,是卫老爷子刚毕业时带的第一届学生。看到跑得气喘吁吁的卫晟南,她笑眯眯地朝她摆摆手,打了个招呼。

新的高中生活,全新的。

这是个普通的上午,越城一中的校园里回荡着班主任老徐气沉丹田的叫喊:"肖婷婷,你头上戴的什么?"

肖婷婷往自己头上接了几缕蓝色假发,撺掇着卫晟南也跟她去接头发。无奈卫母家教实在严苛,倘若卫晟南接这种头发,卫母恐怕会把她"腰斩示众"。

"雨夜哭泣的蓝色妖姬。"肖婷婷唯唯诺诺地回答。

"雨夜哭泣的蓝色妖姬。"老徐一字一顿地学语,皮笑肉不笑。

同学大多想笑,但碍于老徐在不敢,只好都憋着。班里一片嗤嗤声,犹如车胎漏气。

肖婷婷惊恐地点点头,老徐敲着课桌歇斯底里:"你爸妈辛辛苦苦挣钱,是让你来一中当妖姬的?"

肖婷婷慌忙摇摇头,卫晟南的同桌薛中天开始笑,笑得课桌一晃一晃的,冲击得正写字的卫晟南一撇撇出了笔记本外。

她狠瞪了薛中天一眼,薛中天怕被记名字,慌忙赔着笑脸小声道歉:"老大,对不住老大……"

"你们能考上一中,说明都是每个学校顶尖的学生,怎么能如此不伦不类,把心思都花在这些邪门歪道上?"老徐伸手捉住一缕蓝妖姬,拽了两下拽不掉。

"哟嗬,质量还挺好。"老徐松了手。

肖婷婷得意地笑说:"那是当然,我这可是一根根粘上去的,花了不少钱。不像那些发片,一揪就掉!"

"那敢情好,回头你给我介绍介绍?"老徐阴恻恻地说。

肖婷婷偷偷翻着眼睛看了下老徐的地中海头,含糊不清地说:"接头发接头发,就是说得有头发……"

"给我出去站着!"老徐没料到肖婷婷会说实话,怒了。

肖婷婷慌张地推开拥挤的桌子,抬腿左脚绊右脚,踩住了自己的裙子,摔了个四仰八叉。

"白痴,愚蠢。"冷淡轻蔑的声音在安静的班里格外清晰。

卫晟南循声望去,肖婷婷的同桌颜科一只手在转笔,另一只手抚着额头,轻轻吐出这四个字。

卫晟南一边听课，一边趁老徐写板书的时候抬头偷看在走廊罚站的肖婷婷，肖婷婷哭了。

中午放学，大部分同学都在食堂吃午饭，卫晟南家就在一中家属院，所以平时不与大家一起吃。但今天，她气势汹汹地进了食堂，身后跟着还在抽抽搭搭的肖婷婷。

卫晟南的目光来回扫描，看到了颜科，高高的个子在人群中很显眼。他旁边站着薛中天，两人有说有笑的。

卫晟南冲过去，越走近却越怯。她身高一米六八，在女生中算是出挑的，但站在比她高一头的颜科身边，还是显得底气不足。颜科注意到了航空母舰般"驶来"的卫晟南，收起了脸上的笑意。

"给肖婷婷道歉。"卫晟南极力稳住随时可能会崩溃的内心，声音颤抖地说。她长到十六岁，还不曾与人交恶过。

颜科听不清似的扬起了眉毛："什么？"

卫晟南直起发软的膝盖，声音大了一倍："给肖婷婷道歉！"

肖婷婷见颜科脸色变了，扯了扯卫晟南的胳膊："算了，晟南……"

"卫晟南——"颜科故意把每个字念得清晰无比，并且播音员似的拖长了尾音，"晟南，你爸妈是想让你超过男生吧？只可惜你姓卫（未）啊！"说毕看了看周边，"还有，如果不是你爷爷，你靠什么进实验班？"

卫晟南没正面回答，她知道耍嘴皮子是自己的短处，左右看了看，目光锁定了颜科手里的米饭。

"颜科。"卫晟南神秘地招了招手，示意颜科低头。颜科望着卫晟南，心想这个戴厚眼镜的书呆子，料她也搞不出什么幺蛾子来。

两人越来越近，近得可以在对方瞳孔中看到自己的影像。颜科突然发现，卫晟南的皮肤挺好，几乎没有毛孔，鼻梁两边几颗小雀斑，倒也俏皮。

卫晟南手疾眼快，夺起米饭往颜科头上一扣，抓起还未反应过来的肖婷婷就跑。

可惜这是青春小说的套路，卫晟南并没有这等勇气。

她只是懦弱地说了一句话，因为中气不足，加之刚好一人的饭盒掉到地上，咣当巨响，颜科并没有听见她说的话。

她说："我会让你为现在的话后悔。"

说完她拉着肖婷婷就走，身后薛中天大声问道："你在说什么？我们没听见啊。"

"你听见她刚说什么了吗？"薛中天无辜地问颜科，颜科摇摇头说："没听见。"

卫晟南领着肖婷婷进了家属区，她左转右拐，进了胡同深处一座两层小砖楼，楼前架着葡萄和丝瓜藤，绿意盎然。

她们把门反锁上，呆呆地互相看着对方。

肖婷婷的头发全油了，贴在头皮上，满脸细密的汗。她不停地用手摘着绑在真头发上的假发缕，说："我有种丧气的感觉。"

"我也觉得丧气，颜科真讨厌。"卫晟南绞着书包带说，"得想法子治治他。"

"你们在干什么？"

不知什么时候，卫晟南的妹妹卫晟北放学了，她手里拿了根黄瓜，边吃边问。她同样留着短发，穿着卫晟南的旧衣服，活脱脱一个小卫晟南。

"班里有人说，你姐是靠你爷爷的关系进的实验一班，"肖婷婷说，"可气吧？"

"有什么好气的,你不就是走后门进的吗?"卫晟北咔吧咬断了黄瓜。

"滚蛋!"卫晟南在校被人奚落,在妹妹这里也得不到支持。

"是谁说的呀?"卫晟北眨巴着大眼睛问。

"不关你事。"卫晟南拉着肖婷婷进了卧室,把好奇的卫晟北关在门外。

"哼,who cares(谁在乎)。"卫晟北学着周杰伦的样子耸耸肩,踹开门进了厨房,大叫道,"爷爷,中午我们吃什么?"

3

有时候,优异的成绩是免死金牌。

对此,实验一班的学生深有体会。成绩好,他们可以想怎样就怎样,不用穿校服,可以迟到早退。比如颜科可以每周旷一两节自习课与薛中天出去打篮球,比如班花范静可以在老徐的课上涂指甲油,比如蔡情可以在班里组小帮派。

说到蔡情的小帮派,卫晟南和肖婷婷是羡慕的。首先帮派里聚集着俊男靓女,班上出挑的男女都被她发了会员卡,颜科和范静还是VIP超级会员。帮派里谁受欺负了,蔡情总是第一个拎棍子上的。他们坏事一起担,好处一起分。

既然出挑的人都有幸成为会员,那卫晟南为何还羡慕,不直接加入呢?

因为,那时候的卫晟南戴着一副厚厚的近视眼镜,短发齐耳,连护发素都不用,头发总是干燥蓬乱的样子。虽然学校并不强制穿校服,但卫晟南绝不穿校服以外的衣服。倘若校服脏了需要洗,就替换着卫母买的其他衣服穿。除了黑白蓝三色外,别的颜色都入不了卫母的法眼。"学生穿那么花干什么,影响学习。"这是卫母的名言。

十年后,"睡不醒头"流行于大街小巷,卫晟南感慨万千。可惜那时大家的审美还停留在范静水平——黑长直,苍白肌,长裙及踝,顾盼神飞。

卫晟南的衣柜与她本人的性格一样井井有条,她所有的衣服几乎都是一个样式,并且按照颜色深浅规律地排放在一起。她的笔记也是,每个打开她笔记的人都忍不住啧啧称赞。

从读小学开始,亲朋好友来家拜访,欣赏卫晟南的笔记就成了雷打不动的保留节目。

"晟南真不愧是高才生啊,句号画得那么圆。你看看人家晟南,再看看你!"

"晟南这次模考又进年级前十了吧?看看人家,再看看你!"

"看人家晟南多朴素,你就知道穿衣打扮,脸抹得跟鬼一样!"

有那么一段时间,卫晟南是他们家方圆十里内的公敌,但到了高中后,这个公敌的势头竟大不如从前了。尽管总成绩还在年级前十,可她的短板逐渐显露出来。她发现自己并不聪明,需要用十分力,才能保证不退步。意识到这一点的卫晟南觉得有些悲哀,悲哀的不是因为智商之说竟是真的,而是自己居然印证了这一说法。

不过万幸,刚进班是以身高排座位,距离阶段考试还有一段时间。为此,卫母下了班后什么也不干,就只精心研制营养补脑餐——只给卫晟南的营养餐,卫晟北是没份儿的。

成绩优异的卫晟南享受着家里最好的待遇。为了给她营造一个好的学习环境,卫晟北晚饭后不仅要禁足,并且不准发出任何声音。

每到晚上十点卫母睡觉前,都要给卫晟南温一杯纯牛奶,放在她课桌前，还不忘嘱咐："现在晚自习取消了，但也要严格要求自己，你放松了，别人还在努力，不就把你甩到后面了吗？"

卫母充满"怜爱"地叮嘱完，离开姐妹俩的卧室后，卫晟南冲躺在上铺佯装睡觉的卫晟北招招手，把牛奶递给了她。

"谢谢卫晟南。"卫晟北一口气喝到底朝天。

在妹妹喝牛奶的时候，卫晟南望向窗外。这个时间，很多人已经进入了梦乡，距离家不远的大河边，几艘货船在装运货物，鸣笛声划破夜空，衬得夜晚更加幽静。

星空璀璨，卫晟南不记得曾看过这么美的星空。正在走神，忽然，卫晟北在床上说："卫晟南，你听。"

"嗯？"卫晟南愣了片刻，继而听到由远及近的鸣啼声，在遥不可及的天空中，从模糊到清晰，再渐渐朦胧。细细碎碎，此起彼伏，在夜风中传得很远，很深。

"是大雁南飞吗？"卫晟北激动地在床上翻跟头，"是大雁吗？"

卫晟南从未听过大雁叫，她也有些激动，打开窗户向外看，但漆黑一片什么都看不清楚。正想跟卫晟北要手电筒照照看，一抬头发现疯丫头上一秒还欢呼雀跃着，这一秒已经跌入了梦乡。

卫晟南把卫晟北伸在被子外面的脚塞回去，又回到书桌旁，陪伴她的是外面永恒的星空和手底下厚厚的一摞试卷。左手边台灯的光冷清明亮，笼罩着有些孤单的卫晟南。

原来已经秋天了，不知不觉进高中已经两个月了。

4

因为化学老师姓刘，所以大伙儿叫他化学刘。化学刘在黑板上写题，写到一半回头问："谁预习了……"他还没问完，卫晟南就高高举起了手,生怕老师看不见似的,半截身子在过道里斜着,恨不得跳起来喊:"选我,选我。"

"卫晟南,你上来写吧。"化学老师点名,班里泛起一阵轻轻的嘘声。

卫晟南喜不自胜地往讲台奔,与此同时,化学刘点名了:"卫晟南前排的那个男同学,转笔玩儿的那个,你叫什么名字?"

那人站起来,一副玩世不恭的模样,不言语。

化学刘见此人是块硬骨头,但自己也年轻气盛,非要啃下来,开始翻座次表:"颜料?"

全班哄堂大笑,卫晟南在老师身边提醒说:"科,科学的科。"

化学刘揉了揉眼睛:"看错了。颜科,你也上来解这一题。"

颜科走到黑板前,卫晟南扭头一看,他正饶有兴趣地盯着她的解题步骤看,她慌忙用胳膊遮住,抗议说:"别偷看。"

颜科牵牵嘴角笑笑,走到黑板的另一端。卫晟南全身紧张,进入战斗状态,决定一定要先于颜科写完。她埋头苦写,刚写了两行,颜科就把粉笔抛进盒子,先下去了。他没写解题步骤,只有一个短短的答案,化学刘脸色一沉。

卫晟南安慰自己,就算他先写完了,答案也不一定对。全班同学的目光让她如芒在背,她紧张得出了一身汗。

等她满身虚汗地回到座位,同桌薛中天悄声说:"倒数第二步不对,老大,你算错了。"

卫晟南眯缝着眼睛看黑板,徒劳。高度近视的她即便戴着眼镜,也看不清自己密密麻麻的板书。但颜科的答案又大又粗,她一眼就看清了。

她的确是算错了,卫晟南此刻恨不得从楼上跳下去。她似乎隐隐听到身边的窃笑:"逞能了吧,丢丑了吧……"

"卫晟南同学的解题步骤很详细,公式也套对了,但答案算错了,考试的时候,这种情况可以酌情给一两分。颜科同学的答案是对的,但没有解题步骤,也是酌情给一两分,"化学刘边在黑板上画线边说,"颜科课堂上转笔玩儿,解题不认真,你们俩放学后把这道题写十遍交给我。"

卫晟南叫苦不迭,早知道不上去写题了。

"老师,我课后有篮球比赛,恐怕不能写。"颜科站起来,一本正经地说。

化学刘拉下脸,他最怕学生跟他唱反调,问:"什么篮球比赛?能有考大学重要吗?"

"一中跟实验中学的校队比赛。"颜科面不改色地回答。

"哦……"化学刘讪讪地说,"既然事关我们一中的荣誉,你可以去,但那十遍回家抄。卫晟南你没有比赛吧?"

卫晟南失落地摇摇头。

"那你就留下来抄写吧。"化学刘长舒了一口气,生怕卫晟南再出什么幺蛾子,赶忙进入下一课程。

卫晟南清楚地听到前排那个人从鼻子里笑了一声,说:"成绩再好什么用,不过是死记硬背罢了。"

放学了,眼巴巴看着同学依次离开,卫晟南打开空白的一页笔记开始抄,当然要提前用尺子量一下行距,并且比在表格线上,防止自己写出线。

她一边写一边念念有词,忽然觉得好像有微弱的鼻息在上方飘忽不定,并且一股清新的味道忽远忽近,撩拨着她的刘海。她猛地抬头,撞到一个下巴。

下巴的主人往后退了一步,喊道:"卫晟南你有病吗?抬头用那么大力,又不是挖掘机!"颜科捂着下巴,难以置信地看着头发乱得像鸡窝一样的卫晟南。

旁边的薛中天敲敲前排肖婷婷的课桌:"肖婷婷,要不要去人民体育馆看篮球比赛,一中对实验中学,很精彩的。卫晟南,要不要一起去?"

"好呀好呀!"肖婷婷捋着她的假发,小鸡啄米样点头。

"婷婷,你的声音怎么了?"卫晟南纳闷地问。

肖婷婷终于把目光转移到抄题的卫晟南身上,舌头伸不直似的遗憾地说:"我还得陪晟南把题写完。"

"那好吧,我们先走了。"薛中天怨恨地瞄了一眼卫晟南。

颜科单肩斜挎着书包,没穿校服。他很少穿校服,偶尔周一全校大会穿一次。他今天穿的是件白底带浅金色竖条纹的篮球队服和一条洗得发白的牛仔裤,很衬他小麦色的皮肤。

薛中天比他矮了半头,此刻他正跟颜科说着话,手舞足蹈的。颜科略微低着头,专注地听他说。阳光从透亮的玻璃窗投射进来,逆光勾勒出两人的轮廓。颜科的头发带自然卷,茸茸的,被夕阳染成了深棕色。笔挺的鼻梁下略厚的嘴唇抿着微笑,带出深深的酒窝。他有着这个年龄段男孩的最佳状态,阳光,健康,对了,还有点"蔫儿坏"。

"好帅啊!"

有人道破了卫晟南的心声,她吓了一跳。扭头看,原来肖婷婷也跟她一样,目送着走出教室的两人。

"是呀,是挺帅,可更讨人厌。"卫晟南慢吞吞地说。

"讨厌?"肖婷婷诧异地问,"薛中天哪里讨厌了?"

卫晟南无言以对，她以为肖婷婷在说颜科。不过粗心的肖婷婷没察觉卫晟南的异样，卫晟南也急忙岔开话题："肖婷婷，你跟平时很不一样。"

肖婷婷花痴地捧住自己的脸，脸颊通红："说真的，你不觉得薛中天很帅吗？"

卫晟南用笔挠了挠头。薛中天喜欢剃平头，细长上扬的丹凤眼，粗眉薄唇，肤色偏白，她觉得还不错，但也没帅到令肖婷婷犯花痴的程度吧。

"肖婷婷，"卫晟南突然想到了什么，笑了笑，"我有办法整颜科了。"

肖婷婷不解地看着卫晟南。夕阳落山，曚昽的光线笼罩着这个身量高挑的少女。她不知道，命运早已把两人的牌洗好，第一次"对决"，是卫晟南主动出的牌。

5

人民体育场的男更衣室里几乎没人，赛前校方做了细致的清场，只有佩戴比赛双方校牌的学生才能进场。颜科与薛中天连同几个队员在听教练布置任务，他们都还没来得及换衣服。蔡情带着她的几个朋友懒散地坐在裁判桌后面，不用说，一定是颜科给她们的特权。

蔡情眯着眼睛，一只手搭在椅子后背，跟身边一群兴奋的小女生完全不同，她又把头发剃短了，远距离看，就是一个桀骜不驯的小子。

已是初秋，傍晚的天气微凉。更衣室是封闭的，光线进不来，肖婷婷吓得脸色惨白，不停地撕扯着卫晟南说："算了，晟南，我们回去吧，被人发现了怎么办……"

更衣室里漆黑一片，卫晟南贴着衣柜找堆在地上的书包。

"找到了。"她悄声欢呼，从地上的书包堆中掏出一个包，"这个是颜科的。"

"这样不好吧……"肖婷婷期期艾艾，卫晟南拍了她一下，"你忘了他有多讨厌了？"

肖婷婷不吱声了。

卫晟南拉开拉链，颜科的篮球鞋装在网兜里。她把网兜拎出来，掏出一只鞋丢在肖婷婷怀里，开始掩盖犯罪痕迹。眼睛适应了黑暗，把网兜放回原处并不难。

"你们在做什么？"

一个声音突然在背后响起，两人吓得尖叫起来。抬头一看，谢天谢地，不是颜科。

一个穿着实验中学黑底紫边篮球队服的男生不知什么时候立在两人面前。卫晟南松了口气，接过肖婷婷手里的鞋说："不关你事，别多问。"

"两个女生，跑到男更衣室，还不关我事？"男生觉得挺好笑，"你们是一中的？"他歪头看看卫晟南手里的篮球鞋，卫晟南把鞋往身后一藏。

这时，外面一阵嘈杂，其中最清晰的就是薛中天的声音："实验中学这帮孙子，今天颜科主场，看他们还敢狂！"

卫晟南的心脏几乎吓漏拍，看样子是颜科他们要回来换衣服了。

"我是帮你们实验中学的，今晚的事情什么都别说！"卫晟南说完拉起肖婷婷的手，摸黑往更衣室更深处钻，嘴里念叨着天地保佑，千万别被颜科发现。她也是头一回做这种事，希望运气不要那么背。

恍惚中，卫晟南似乎听见肖婷婷小声叫了两声，心想先不管她，藏起来再说。

卫晟南猫着腰走,觉得肖婷婷的手与平常不太一样,更干燥,更宽厚,也更温暖一些。

前方有两个叠起来的衣柜,放着一批废弃的桌子,算是个不错的藏身之处。卫晟南借着微弱的月光,撞了两次头,才牵着肖婷婷钻进缝隙里。刚刚蹲下,不知是谁打开了灯,整个更衣室顿时灯火通明。

卫晟南的双眼一时睁不开,只听见议论声越来越大。

"防守的时候注意点吴畏,他是抢篮板球的高手,"颜科的声音出现了,鼻音有点闷,"上次比赛,我就是……我鞋怎么少了一只?"

卫晟南的双眼这会儿适应了灯光,下意识去看肖婷婷,却吓得差点尖叫出来。跟她一起蹲在桌子下的哪是肖婷婷,而是刚刚那个男生。

6

她跌坐在地上,男生跟着吓得一晃。卫晟南结巴了:"你……怎么过来的?"

"你带我过来的啊。"男生做了个嘘的表情,"小声点儿。"

卫晟南这才想起自己是"戴罪之身",忙捂住了口鼻。男生专心致志地听着外面的声音,卫晟南看着他的侧面,心中惊叹,怎么会有男孩子长这么长的眼睫毛,密密地围着眼睛一圈。

"嗯?"男生留意到卫晟南目不转睛的注视,疑惑地看看她。他扬了下黑长的眉毛,同样浓密的眉下,藏着一双星光闪烁的眼睛。卫晟南留意到,他双眼皮的弧线很美。

"你拿过来没?"一个人问颜科。

"我拿了啊,薛中天,你看见的呀。"颜科转身找薛中天。

"是啊,我亲眼看着你把两只鞋都放包里了。"薛中天声音中充满了疑惑,"会不会掉出来了?"

翻箱倒柜的声音充斥着更衣室,男生在一边饶有趣味地看着卫晟南。

"颜科是一中的,你为什么要帮实验中学?"他按捺不住好奇心问道。

"闭嘴!"屏息听着外面动静的卫晟南忍不住凶他,而后反应过来不应该凶他,万一他生气了,嚷嚷起来,卫晟南高中三年都别想好过了。

"真的没了,"一个人说,"看来有人要整我们。"

"谁啊,这么缺德。"

颜科慢吞吞地说:"我知道是谁。"

卫晟南的心吊到了嗓子眼,难道刚刚遗落了什么东西在犯罪现场?

"是谁?我去弄死他。"薛中天的脾气一向急,卫晟南都能想象出他平日里白净的脸,此刻肯定红得像原子弹炸过一样。

"实验中学队的。"颜科说。

这阴谋论者。卫晟南长舒了一口气。

"那帮坏小子,找他们去!"

身边男生要站起来,被卫晟南一把摁了回去。与此同时,颜科说话了:"我们没有证据。"

"那你说怎么办?"

"要不你穿我的鞋?反正我是替补。"

"谁穿44码的鞋?"

"有43码的你能穿吗?"

更衣室里大家你一言我一语的。

哄哄乱乱的几分钟后,灯又灭了,一切归于平静,静得卫晟南都能听到身边男生呼吸的声音。

良久,卫晟南听见肖婷婷鬼一样飘忽的声音:"走……走了……出……出来吧……"

卫晟南艰难地从藏身之处钻出来,迎面抓住肖婷婷的手,同样惊魂未定的她双手冰凉。

一声哨响,篮球赛开始了,球鞋在木地板上摩擦的吱吱响声此起彼伏。"颜科——加油——"赛场边传来了蔡情等一干人的喊声,赛场彻底沸腾起来了。颜科把临时借来但并不合脚的鞋脱了,往空中一甩。

卫晟南和肖婷婷哆嗦着往外走。这时天色已黑,肖婷婷低头看了眼赛场:"天,真是赤脚上的。"

卫晟南也探头看了一眼,一中队员们都怒气冲天,眼露杀气,严防死守着实验中学的人。

最为显眼的就是颜科,他个子高,穿队服最耀眼,当然最引人注意的还是他的脚。

他俯身运着球,被防他的人挡了一下,他皱了皱眉,身影一晃,准备投篮,不穿鞋并未影响他的弹跳。对方也不甘落后,飞身跃起,然而这是颜科的假动作,他身形左偏,运了下球,做了个漂亮的后转身,突破了对方的防守,直冲篮下,一个漂亮的三步上篮,中了!

"那么跑,脚不得疼死。"男生也跟出来了,趴在看台的围栏上往下看。

"我们回去吧。"卫晟南对肖婷婷说。她出来太久了,怕卫母着急。

"你们这么整他,是有多大仇?"男生跟在她们后面,饶有兴趣地追问,"哎,你是不是被他给甩了?"

"你才被颜科甩了。"卫晟南回嘴,男生依然笑嘻嘻的。

"我们这是在帮你们。"肖婷婷重申了一遍,"你别到处乱说。"

"喂,你叫什么名字?"

卫晟南回过头,那男生站在路灯下,看不清面貌。他双手抄兜,长长的影子在地上拉得很长。

他的声音似在笑,带着那个年龄段的男生所特有的鼻音。

"你管得着吗?"未容卫晟南反应过来,肖婷婷就替她回绝了。"你不是实验中学的吗,怎么不回去比赛?"卫晟南反问道。

"别跟他废话,快走。"肖婷婷催促着。

卫晟南和肖婷婷拉着手奔跑起来,身后是男孩的声音。

"我啊,我是替补的——"

卫晟南忍不住笑出声来,刚笑完,又有点空落落的。这么整人,其实也没想象中解气。

她脑海中浮现出颜科打球的样子,光着脚,跑起来肯定非常疼。

天有些干燥,她跑着回去,只觉得口干舌燥,鼻腔也不舒服。

回到家偷偷进屋,卫母问了一句,她只说是找肖婷婷对作业去了。匆忙溜进屋子里,看着睡得鼾声震天的卫晟北,她把鞋反锁进自己的衣柜里,微弱的光照进鞋里,鞋舌上似乎有字,但她不敢细看。

要找时间销毁,她想。

7

单调的高中生活中，篮球赛成了热点，人人都在议论。

重点是，一中篮球队输了，实验中学第一。

次重点是，颜科受了重伤，被人踩到了脚背，崩翻了指甲，并且撞到了篮球架。大家都很同情他，同时谴责藏他鞋的人。

卫晟南去了一趟老徐办公室，跟他说想要跟颜科换座位。老徐同意了，让他们自己商量。

卫晟南诡计得逞，其实她是怕心眼实在的肖婷婷露出破绽。

她进了教室直接坐到颜科位子上，吓了肖婷婷一跳。

"不用跟他商量吗？"肖婷婷觉得卫晟南这些天胆子大得吓人。

卫晟南掏出英语习题开始写，假装镇静地说："跟老徐说过了，没事儿。"

"喂，卫晟南？"一只缠着纱布、熊掌一样的脚出现在她的视线中，"你是不是坐错位子了？"

卫晟南抬起头，平静地说："我跟老徐打了招呼了，你个子太高，挡我视线，开学时也不知怎么把你排得这么靠前。"

颜科有些气恼，竟也没发作，一瘸一拐地坐到了卫晟南身后。

体育课，卫晟南因为鼻腔不舒服就没去，颜科脚受伤也没出去。范静大约是来了例假，半歪在课桌上，旁边一个男孩正嘘寒问暖。男孩叫江海，大家都传他喜欢范静。

卫晟南喷嚏不断，手背上落了一滴血，她摸摸鼻子，流血了。又摸摸抽屉，忘带纸巾了。

记性真差。

卫晟南弯腰翻着肖婷婷的书包，她也一样粗枝大叶，没带纸巾。

卫晟南抬起头，企图让血哪里来回哪里去。但水满则溢，她的血没能克服地心引力。她慌张地站了起来，起身时几滴血不偏不倚，刚好滴到颜科伸过来的脚上，落在绷带上。

"卫晟南，你也太恶心了！"颜科一跃而起，从口袋里掏出一方手帕，拼命擦拭，带着桌椅一起颤抖。

"对不起对不起……"卫晟南慌忙道歉，但一个喷嚏毫无遮拦地奔颜科而去，还好颜科躲了过去。

两人重新回到座位，卫晟南继续写作业，颜科不知道在后面干什么，发出一阵窸窸窣窣的响声。

突然，一包纸巾落在卫晟南的习题册上。她诧异地扭过头，颜科没好气地说："我是怕你再弄脏我的绷带。"

卫晟南本该把纸巾扔回去的，后来想想自己的确需要，便收下了。

拆开抽出一张，纸巾厚实，还有小熊印花，散发着一阵阵香气。她用纸巾堵住自己的鼻孔，一时相安无事。范静实在受不了江海的聒噪，站起来走了。江海也跟着出去，左右绕着范静走，并且赔着笑。卫晟南知道范静的追求者很多，但江海是最热切的一个。

卫晟南抬头看着他俩，不由得看呆了，也可能是窗外的阳光太多情，把教室照射得通透，黑板上未来得及擦干净的板书，头顶晃晃悠悠的吊扇以及排列整齐的课桌，使卫晟南无端升起一阵淡淡的愁绪，很美好的愁绪。

卫晟南目送着两人的背影，余光瞥见颜科在盯着她看。

"你看我干什么？"卫晟南瞪了颜科一眼。

"你不看我，怎么知道我在看你？"颜科嘀咕一句，低头翻书写字，一行行略往右倾斜的字体，犹如他的人一般瘦长。

"你的脚……"卫晟南试探着问了他一句。

"有人把我的鞋藏起来了。"颜科若有所思地说,"如果让我知道是谁干的,绝饶不了他!"

卫晟南低着头没有说话,颜科盯着她,声调陡然拔高:"你知道是谁吗?"

卫晟南头摇得拨浪鼓般,心虚地转回身躲过了颜科的目光。她心不在焉地写着作业,忽然感觉耳边似有人在呼吸,一呼一吸间脸庞痒痒极了。她猛地扭过脸,颜科的脸距离她不过两三厘米,黑白分明的眼睛死盯着她。他是单眼皮,但眼睛挺大。

颜科慢悠悠地说:"和实验比完赛后,我在我的书包旁边发现了这个。"

他从口袋里拎出一缕孔雀蓝的假发,卫晟南觉得心脏顿时受了一记重击。

颜科细长的手指夹着肖婷婷的假发,在卫晟南面前晃了晃:"眼熟吗?"

8

卫晟南真佩服自己的心理素质,她轻瞟了一眼假发,冷淡地说:"没见过。"说毕继续写作业。

"没见过?这不是肖婷婷的什么雨夜的妖姬吗?我觉得很像肖婷婷干的。"颜科绕到卫晟南前排的位子,坐下,低头看着卫晟南写作业。

"假发上写着肖婷婷的名字吗?学校里戴这个的女生不下一百个,你怎么那么确定?"卫晟南故作镇定,心里却在打鼓。

"我也不确定,因为肖婷婷没这么阴损。"颜科慢悠悠地说,"就算是她干的,看在她是我哥们儿马子的分儿上,也不能怎么着她,只要她把鞋还回来就好。"

卫晟南听了又吃惊又反感："什么马子,你嘴巴能不能别这么欠。"

颜科倒不生气："你不是肖婷婷的好朋友吗?去问问她呗。"说完拿着那缕假发回了自己座位。

"我那双鞋,是限量定制版,只有大比赛我才穿,没想到丢了一只,鞋里面还有艾弗森的签名。"颜科闷闷地说。

"还回去就行?"卫晟南正苦于不知如何处理那只鞋,要是被卫母发现就惨了,所以忍不住脱口而出。

"也不一定,看是谁拿的。"

"如果是肖婷婷呢?"卫晟南急切地问。

"肖婷婷和薛中天关系好,看在兄弟的分儿上,只好算咯。"颜科耸耸肩。

"那……如果是别人呢?"卫晟南问。

颜科把笔转得飞快:"碎尸万段!"

卫晟南心中一凛,忙转身避开颜科。

"薛中天说,想跟肖婷婷坐在一起,要你跟他换。"颜科在后面戏谑地说。

跟薛中天换座位,那岂不是跟颜科同桌?"不行!"卫晟南又回过头,冷静地回绝了,"不换。"

"不换最好,我也不想跟你同桌。"

下课铃响了,在外上体育课的同学陆续回了班,肖婷婷没回来。卫晟南有点奇怪,平时她不爱动,体育课都是提前回班的。

最后一节课是班主任老徐的,卫晟南走出去找肖婷婷,找了一圈没找到,最后找的是洗手间,她站在女厕里喊:"肖婷婷。"

一个男生在隔壁男厕所里跟着喊:"肖婷婷。"

听声音很耳熟,像是颜科,卫晟南往厕所里面探探头:"肖婷婷,你在里面吗?"

"肖婷婷,你在里面吗?"隔壁颜科继续学话。

"你有病啊,肖婷婷会在男厕所吗?"卫晟南对着隔壁喊。

"你有病啊,肖婷婷会在男厕所吗?"

"神经,"卫晟南小声抱怨,"幼稚。"

"神经,幼稚。"

没想到这么小声也能听到。

卫晟南走出厕所,迎面果然碰上一瘸一拐的颜科。她送了他一个白眼,先回了教室,看看表,还有一分钟上课。

老徐带着一名穿浅色毛衣的男孩进来,示意大家安静:"今天有一名新同学转入我们班,大家鼓掌欢迎。"

同学们都在看热闹,唯独卫晟南奋笔疾书。她很早就练就了一心只读圣贤书的本领,不为任何事情所动。

因为鼓掌声格外热烈,卫晟南觉得奇怪,抬起头看了一眼,只觉得讲台上站着的男生很眼熟。

"大家好,我叫沈嘉林。"男生微笑着自我介绍,"来自实验中学,初次见面,多多指教。"

同学们开始窃窃私语,卫晟南也想起他为何这么眼熟了,他就是那天在体育馆男更衣室里遇见的实验中学的学生!卫晟南叫苦不迭。

"你先坐最后面吧,之后有阶段考试,到时候我们按成绩排座位,前十名可以自由挑选。好了,别议论了。"老徐呵斥住学生们,主要是女生们的谈论,她们对沈嘉林的样貌赞不绝口。

沈嘉林左右打量了一番，目光锁定在卫晟南所坐那一排最后的位置，搬着桌子走了过来。

走到卫晟南课桌边，沈嘉林丝毫不避讳两人相识："好巧啊，是不是？"

卫晟南埋头一声不吭，待沈嘉林走后才缓缓抬起头。以蔡情为首的小团体虎视眈眈地注视着卫晟南，坐在蔡情前面的田瑶在她耳边嘀咕着什么。

肖婷婷怎么还不回来？卫晟南焦虑地咬着嘴唇，此刻她急需跟好友商量对策。

"请多关照。"沈嘉林开始与前后左右的同学打招呼。他本是偏瘦的脸型，笑起来却双颊圆润，眼睛弯弯，与向上翘的嘴角相呼应，大约这就是传说中的"微笑唇"吧。

一个男生，生得眉梢眼角全是风情，比女生还要精巧，能使异性趋之若鹜，同性也不会反感。一遍招呼过去，女同学统统被电得魂飞魄散，一个个格外殷勤，递纸巾的递纸巾，送笔记的送笔记。

"我没有书哎。"沈嘉林说，话音刚落，七八本书落到了他的书桌上。

沈嘉林说要有书，于是就有了书。

"花痴。"颜科小声在后面嘀咕，卫晟南头一次认同他的话。

谁说只有红颜才是祸水。

9

卫晟南站在天台上等人。

每个学校都有个残破不堪的天台，堆放着废弃的旧课桌椅、体育用品或者旗杆、乐队的鼓之类的杂物。

"你找我啊?"沈嘉林从生锈的铁栅栏那边跨过来,笑盈盈地站在卫晟南面前。

天台的风大,他微微眯着眼睛,上下两层睫毛层层叠叠交叉在一起,越发显得他的眼睛漆黑。

眉眼如画。卫晟南心中暗暗赞叹,直至今日才真正理解这四字的意思。

"有事。"卫晟南抬头挺胸,努力使自己看上去威武雄壮一些,"那天你在体育馆遇到我的事,不要跟别人乱讲。"

"遇到你的什么事不要乱讲呀?"沈嘉林问。

"就是我拿了颜科篮球鞋的事。"卫晟南压低了声音。

沈嘉林挠挠头:"哦,我想起来了,有这么回事。你为什么要拿他篮球鞋呢?你有这方面的癖好吗?"

"什么癖好?"轮到卫晟南发问了。

"就是疯狂的粉丝啊,喜欢颜科到发疯,所以偷他的鞋……"

"我有病吗?!"越听越不像话,卫晟南喝断了沈嘉林的描述。

沈嘉林一本正经地点了点头。

卫晟南发觉自己与这男孩无法交流,他的脑子好像脱线了,并且飘浮在云里。

"总而言之,那天你就当没碰到过我。"卫晟南步步逼近,沈嘉林步步后退,后背贴着墙,最后她竖起一根手指威胁道。

"可以,我不说。"沈嘉林把卫晟南的手指摁回手掌里,"一言为定。"

卫晟南一愣,这是两个人第二次握手。第一次是卫晟南误把沈嘉林当成了肖婷婷,那次是夜晚,黑灯瞎火,头脑浑噩。这次是白天,阳光普照,她头脑清醒。

沈嘉林的手并不像他的脸那般纤细动人,而是较为宽大,**手指偏短**。

卫晟南抽回自己的手,转身往楼下走。课间就十分钟,在天台上耽搁得有些久。

两人依次走后,废弃的课桌堆里缓慢地站起两个人。

薛中天激动地说:"原来,原来……"

肖婷婷打了他的后背一巴掌:"你什么都没听见!"

因为打的声音太响,惊动了还未走远的卫晟南,她疑惑地回头看了看,两人慌忙蹲回课桌堆,屏气凝神。

他不是实验中学的吗?怎么来一中了呢?肖婷婷犯着嘀咕。

良久,薛中天才缓缓舒了一口气:"这是不是说明,卫晟南喜欢颜科?"

哪跟哪儿。肖婷婷想解释喜欢颜科拿颜科的鞋跟要整他拿他的鞋是两码事,但后来又咽了回去。临走,肖婷婷又嘱咐了一遍薛中天:"千万别跟颜科说。"

"不说,听你的。"薛中天呵呵傻乐。

10

回班的时候,教英语的卢老师已经开始发放上周的测试卷了,尽管大家拿到试卷都唉声叹气的,可还是注意到前后脚进教室的卫晟南和沈嘉林,碰巧卢老师正念到卫晟南的名字。

"卫晟南,卫晟南怎么不在座位上?"

"老师,她在这儿。"

两人站在教室门口,沈嘉林指着卫晟南说。卫晟南心里想,怎么就你事儿多,这下好了,全班的注意力都集中在他们俩身上。

"你们怎么迟到这么久?"卢老师面有不快之色。

"因为……"卫晟南磕磕巴巴地正要说,话头被沈嘉林接了过去。

"因为我是新来的,跟着卫晟南去教务处领校服。"沈嘉林有模有样地回答。

真是个扯谎精。卫晟南低着头嘀咕。

"那领着了吗?"卢老师也不傻,逼问着。

"领着了。"沈嘉林不假思索。

卫晟南抬头看了他一眼,万一老师问领到的校服呢,真蠢啊。

"领到的校服呢?"果然。

卫晟南已经做好了挨批的准备。她准备说实话,还未张口,被旁边沈嘉林的动作惊呆了,不仅她,全班同学都惊呆了。

沈嘉林双手捏住毛衣上领,冲卫晟南挤了下右眼,利索地把套头毛衣脱了下来。卫晟南在毛衣下面看到了一中的秋季校服,原来毛衣外面露出来的蓝色小领子就是校服领。

"哟哟哟。"底下学生一阵骚乱。

卢老师实在揪不出两人的错,只好让他们进来,顺便把卫晟南的卷子递给她,上面是鲜红的一百一十八分。

"成绩不错,但别骄傲。"卢老师嗔怪地看了卫晟南一眼。卫晟南心虚,接过试卷灰溜溜地回了座位,无意中撞见了颜科的目光。

颜科一手扶着他的伤腿,一手把着课桌,目不转睛地看着若无其事要回座位的沈嘉林,就像是瞄准小羊的猎豹,随时准备出击。

而沈嘉林也毫不示弱,云淡风轻地承接住颜科犀利的眼神,并报以温和一笑。卫晟南脑海里浮现出一句诗,好像是形容杨贵妃的,回眸一笑百媚生?

"卫晟南,你怎么了?"卢老师提醒呆站在座位上的卫晟南。

是啊，我这是怎么了？卫晟南正准备坐下，门口传来薛中天洪亮的喊声。

"报告。"

卢老师生气了，她回头看着肖婷婷和薛中天："你们俩？你们俩去哪儿了？也是去领校服了？"

"您真厉害，还真是去领校服了。"薛中天说着，不自觉地瞟了卫晟南一眼，眼神欲说还休，卫晟南不由一惊。

"沈嘉林是新来的这我知道，你们俩跟着凑什么热闹，都回去站在自己座位上好好反思，课后来办公室找我。"卢老师没工夫跟他们俩磨嘴皮子，一堂课眼看要完，卷子还一题未讲。

肖婷婷回到座位上站着，卫晟南努力让自己不去管她，强迫自己好好听完这堂英语课。薛中天和颜科的说话声时不时飘到耳边，无奈声音太低又听不真切，逼得她焦虑症都要犯了，于是她开始抠笔帽，抠得啪嗒啪嗒响。

"我在天台上看到你跟他了。"肖婷婷站着，小声跟卫晟南说话。

"有事下课再说。"卫晟南怕颜科听到，继而令她更加措手不及的念头涌了上来。

"这么说，薛中天也知道了……"她觉得自己犹如溺水的人，正缓缓往水底沉。

如果被颜科知道了，他会怎么整治自己呢？这还不是最关键的，薛中天的大嘴巴一定会嚷嚷得全校师生都知道，她卫晟南一直以来努力塑造的正面、积极、向上的形象恐怕要崩盘了。

我这是怎么了？卫晟南焦虑地直面自己的内心，似乎她正与从前的那个卫晟南渐行渐远，逐渐替代她的，是一个面孔模糊的陌生女孩。这个女孩心中的反叛因子在蠢蠢欲动，只要有关颜科的信息出现，她就开始撒谎，并且不得不用更多的谎来圆最初的谎。

她之前是太自信了，现在事情的发展完全往未知的方向去。

而且衣柜里的鞋成了一枚炸弹，不管被谁发现，都是一场灾难。

11

这天中午，卫晟南在学校食堂吃饭。一方面有些事想跟肖婷婷说，另一方面，她要守着沈嘉林，密切关注他的动向，这样能使她稍微安心一些。

被老师训完话的肖婷婷情绪正常，甚至还边打饭边哼歌。卫晟南跟在她的后面，两人共用一个饭盒，里面只有米饭和一份干煸豆角。

"婷婷，你跟薛中天是从什么时候开始的？"卫晟南问。她没想到肖婷婷会对自己隐瞒，略有些失落。本来她不是应该第一个知道这个消息吗？肖婷婷在班里最好的朋友不就是她吗？

肖婷婷有些羞涩："什么开始不开始的呀？"说完向食堂阿姨要了条黄花鱼。

"我不吃有腥味儿的东西呀。"卫晟南提醒肖婷婷。她没有饭盒，一会儿要一起用这个饭盒。

"中天爱吃啊，"肖婷婷说，"一会儿你用他的饭盒。"

"那他呢？"卫晟南傻傻地问。

"他跟我用一个呀。"肖婷婷调皮地看着卫晟南。

卫晟南看着像变了一个人似的肖婷婷，觉得很不可思议。面孔还是那副面孔，内在却完全不同了，好像薛中天的灵魂在不断吞噬着从前她所熟知的那个肖婷婷。

"哎，中天！"肖婷婷的面部表情瞬间变得格外生动，她冲着薛中天挥手,薛中天身边跟着一瘸一拐的颜科。

"哎,婷婷!"薛中天丢下颜科跑了过来,一过来就看到饭上趴着的那条黄花鱼,鱼尾巴都甩到饭盒外面来了。

"有鱼啊!"

"专门为你买的!"

"你对我真好。"

"我们到那边吃吧。"

"好啊好啊。"

走了两步才想起来卫晟南,肖婷婷把一个空饭盒塞到她手里,说:"晟南,你自己去打饭吧,我们给你占位子哦。"

卫晟南落寞地看着二人,手指叩击着饭盒。因为从小练钢琴的缘故,卫晟南没有留指甲,叩得指尖微微发红。她独自返回窗口,打开饭盒,发现里面汪着一层油,只好出去洗了,又回来打了一份米饭一份青菜。

沈嘉林在隔着不远的餐桌边吃饭,身边坐着蔡情田瑶那帮人,十分热闹。

卫晟南打了饭,坐在肖婷婷旁边。随即颜科也打完了饭,坐在她的对面,卫晟南顿时尴尬起来。她只好低着头扒饭,恨不得五秒吃完立刻走人。

颜科好笑地看着卫晟南,这时江海和吴晓磊打完饭坐了过来,江海问颜科:"脚还没好?"

"没好,这周末去换石膏。"颜科郁闷地说。

"那跟三中的比赛怎么办?第一不要想了。"吴晓磊遗憾地说,"咱们队没有你,恐怕要折在三中手里吧。"

说话间蔡情一干人涌了过来,蔡情脸色不太好,身后一帮小姐妹也跟着板着脸。

蔡情看见伙伴中多了肖婷婷和卫晟南，眉毛一拧。碍于肖婷婷和薛中天亲密无间，她没做多少评论，只瞪着卫晟南问："你怎么在这儿？"

12

"她跟我一起的。"尽管肖婷婷解释了，蔡情还是没好气地往卫晟南身边一挤，挤得卫晟南的大半个屁股都悬空在椅子外。

"你不是都回家吃的吗？"蔡情又问。

卫晟南没回答，她从没被这样对待过，急忙站起来要逃。尽管肖婷婷极力挽留，卫晟南还是端着饭盒离开了。一直以来颜科蔡情他们就是个小团体，肖婷婷跟薛中天好了，跟他们在一起是很自然的，她赖在那儿也没意思。

食堂里热闹喧嚣，学生们都三三两两坐在一起，卫晟南觉得有点无所适从。她自从进了高中无论做什么事情，都与肖婷婷结伴而行，这是头一次单独行动。左右两边时不时有人路过碰她一下，卫晟南越发觉得自己形单影只。

终于发现一个空位，卫晟南坐下，一抬头竟看到沈嘉林在对面。

"就这一个菜吗？"沈嘉林看了看她的饭盒。

"啊，我平时不在食堂吃的……"卫晟南知道自己回答得驴唇不对马嘴。沈嘉林把一份未动过的鸡腿炖香菇推到卫晟南面前："我不大吃甜口儿的菜。"

卫晟南夹起一块，果然是带点甜味的，不过还好，她能接受。沈嘉林见她用汤勺舀了菜汤淋在米饭上，笑着说："我也爱汤拌饭，有人说我糟蹋米饭。"

"那人是分开吃的吧?"

"何止分开吃啊,一点儿都不能混,哪怕吃炸酱面,面和炸酱也得分开……"沈嘉林说起这些眼神亮亮的。

卫晟南闷头大吃。她饿了,另外,食堂的饭比卫母烧的美味。她留意到沈嘉林手肘边反扣着一本书,嫣红的玫瑰和玫瑰藤缠绕着整个封面。

"*The Name of the Rose*,《玫瑰的名字》?"卫晟南歪着头看。

沈嘉林大方地把书往卫晟南面前推推。她随意翻了翻,英文原版的。

"我看不了英文原版的,"卫晟南笑,"你真厉害。"

"没什么厉害的,接触多了也就能读了。这本书是我爸的一个朋友策划编辑的,我要捧场啊。"

"这是一本爱情小说吗?"卫晟南想,玫瑰应该是代表爱情吧。

沈嘉林摇摇头:"不是,讲的是修道院的谋杀案。"

"那为什么……"卫晟南的问题被一声巨大的噪音打断了,食堂内近乎一半的人都循声望去。只见颜科气势汹汹地推开饭桌阔步离开,那条伤腿拖在一边很滑稽。

蔡情等人很快追了上去,他们的背影逆着光越来越远,刚刚热闹的餐桌上此刻只剩肖婷婷和薛中天。

"好一个大爷脾气啊……"沈嘉林懒洋洋地说着,放松了身体倚在靠背上。阳光照射在他的身上,浅色毛衣外面笼着一层淡淡的反光。

13

放学路上,肖婷婷买了份红豆车轮饼,分给卫晟南一个,两人边走边吃。卫晟南问起颜科中午在食堂为什么发那么大火,肖婷婷摇了摇头:"可能跟蔡情有关吧。"

"什么情况?"卫晟南问。

"你是真不知道啊?蔡情问沈嘉林愿不愿意加入她的团体,沈嘉林拒绝了。又问他愿不愿意一起吃饭,沈嘉林推说对面的位子有人了。"

"谁?"卫晟南忍不住问。

"不知道是谁,不过后来不是你去坐了吗?蔡情和颜科突然都很生气,就离开了。"肖婷婷说,"大家都知道蔡情喜欢沈嘉林,被喜欢的人拒绝应该会很伤心吧。"

"蔡情喜欢沈嘉林?"卫晟南满脸问号,"可是他才转来一天而已啊!"

"你懂什么,这叫一见钟情。"肖婷婷用肩膀撞了一下卫晟南,"大家都传颜科喜欢蔡情,但她不爱他却爱另一个他……"

"这都什么跟什么。"卫晟南不知为何有些不高兴。前面就到家了,她跟肖婷婷告别后匆匆往家走,正数第三个胡同,门口一棵高大的桐树,叶子几乎掉光了,只剩苍劲的老枝。

晚上卫父加班没在家吃,因为卫晟南中午也没在家吃,卫母很不高兴,嘱咐了她两遍以后一定要在家吃。

"食堂的饭多脏,油大又难吃,对身体不好,听见没?"

"听见了。"卫晟南夹了一口菜,默默吃下去。没有任何调味品,菜本身又熟得有些过。

"卫老师在家吗?"门口一阵人声。卫母迎了出去,好奇的卫晟北也跟了出去,卫晟南纹丝不动,继续吃她的。

"在的。爸,有客人来了。"卫母喊。

卫晟南瞟了一眼，大约来了四五个中年男女，手里都提着礼物。

"进来坐吧。"卫老爷子发出邀请，大家都客气地说不进去了。其实他们也都看得出来，即使进去也没有坐的地方。卫晟南家从前的客厅被改造成姐妹俩的卧室，吃饭在厨房，一张简易的木桌带五把椅子。

"我们这次来是想请卫老爷子出山，给孩子补补文言文。"一个中年女人说。

"现在提倡给中学生减负，晚自习都不上了，可高考还在那儿杵着呀！听说别的学校也都在偷偷上晚自习，就咱们傻，不上这不坑了孩子嘛！"

说话的中年女子皮肤白皙透亮，脖子和手保养得很好，还涂了淡淡的藕荷色指甲油。她拿了只小巧的手包，一袭卡其色经典款风衣，很得体，符合她的气质与年龄。

"当年您也是给我们开过小灶的。"一个男人说着，递上了手中的烟。

"戒了。"

卫老爷子环视着一脸殷切的家长们，半晌没说话。

"场地您不用担心，我们家比较宽敞，距离您家也不远，补习班可以设在我们家，今晚我们就能收拾出来。"那名中年女子说，"学费我们都商量好了，按小时算，一小时八百。"

卫晟南听到这儿，停下了手中的筷子。卫母应该会替爷爷答应的，装修房子的尾款还未结清，家里急需钱。

"不是钱的事儿，"果然，卫母发话了，但声音里透着欢喜，"卫老师年纪大了，你们也都知道，糖尿病不能劳累的。这样吧，容我们考虑考虑，今天大家先回去吧。"

"好好，老师您考虑一下，我们也都是为了孩子。我们这一代没几个考出去的，都是想给孩子一个好的未来。"

"那大家都留个电话，回头卫老师同意了的话，也方便联系。"不知谁提议，大家开始留自己的电话号码。

众人跟卫母一番客套，留下礼物纷纷离去。那位衣品不俗的中年女子，临走时探头深深地看了卫晟南一眼，当卫晟南察觉抬起头时，却被她躲闪了过去。

两个大人开始就补习班的事情展开讨论。卫母想让爷爷去，爷爷觉得自己年老体弱，怕带不好担责任，不太愿意。卫晟南侧耳听着两人的对话，却被卫晟北打乱了思绪。

卫晟北手里还拿着馒头和吃了一半的咸鸭蛋，激动地对卫晟南说："穿长风衣的那个，她身上可香可香了，口红的颜色也好看。"

"大晚上的，脸画得跟妖怪一样，有什么好看的。"卫母进门，大约与爷爷没达成协议，语气很急躁，"赶紧吃，吃完回屋学习去。"她把电话联络本往桌上轻轻一摔。

卫母洗碗的当儿，卫晟北嘀咕了一句："就是好看，不懂欣赏。"

卫晟南没说话，但也觉得那人确实好看。她下意识抬起头看看镜子里的自己，简单的T恤，淡蓝的裤子，露着细细的脚踝，只觉得寡淡。又回头看看卫母朴素的齐耳短发，不施粉黛的面孔在昏黄的灯下格外显老。刚过四十的人，看着像五十多的。

她的心一阵哆嗦。

她收好自己和妹妹的碗筷走到洗手池边，想帮卫母分担些家务，但被卫母挡了回去："回屋写作业去，你做这些事就是浪费时间。"话语干脆，没有回旋的余地，卫晟南只得遵命。只是临进卧室之前，她默默地把桌子擦干净，摆好了桌椅。

回自己卧室前,她看了眼住了十几年的家:墙皮已脱落大半,露出里面的砖和水泥,还好被卫晟北贴的周杰伦的海报挡住了大半。一只蛐蛐站在卷曲的电话绳上鸣叫,忽然电话响了。

卫晟南接起电话,喂了一声,那边沉默了大约五秒,继而飞快地挂断了。

"谁啊?"卫母的声音从厨房传来。

"不知道,挂了。"卫晟南把电话放回,心想可能是打错了。

14

虽然学校响应减负取消了晚自习,但大家都各自报了补习班。这天放学后老徐把排的课表发给每个学生,愿意补习哪门就打钩,拿回家签上家长名字。

"中天,你的课表给我看下。"肖婷婷拿过薛中天的课表,开始照抄。

"颜科,你没报语文吗?"薛中天在后面说,"你文言文和作文不是弱项吗,不补习的话,会不会吃亏?"

"语文学那么好有什么用,认得字、会写字不就得了。再说,我又不打算学文科。"颜科声音压得很低,可还是被卫晟南听到了,偏偏她就是语文学得好,且打算报文科的。

"学理科不也要考语文吗?"卫晟南转身反驳他。

颜科被卫晟南吓了一跳:"要你管。"

这天吃饭,卫父很罕见地在家。他在追道明叔演的《卧薪尝胆》,吃一口饭,看两眼电视。

卫晟南正想让卫父签字了事,端菜过来的卫母接过表格:"我看看。"

卫晟南知道她一看定没好事儿，果然。

"你的语文就不用补了吧，真想补的话，就上爷爷的补习班吧。"卫母用橡皮涂掉了卫晟南画的钩。

"可爷爷的补习班……"卫晟南还想挣扎一下，她实在不想听爷爷讲文言文。

"爷爷已经答应办补习班了，就在外面搭一个塑料大棚，每周五晚上两个小时，老卫你吃完饭去装一下。"卫母继续浏览着卫晟南的课表。

"物理为什么不补？"卫母严厉地看着卫晟南。

"因为……"卫晟南答，"我不喜欢……"看着母亲越来越阴沉的脸色，她只好说实话，"我以后想报文科。"

"不行。"卫父头一次和卫母统一战线，"学文科怎么行，学文科以后也就能当个老师。"楼上的爷爷尴尬地咳嗽了一声。

卫母忽略了楼上的响动，见卫晟南用沉默抵抗，变了脸色，谆谆教导说："不是不让你学文科，你喜欢，我们可以当个爱好，平时多去图书馆。将来想要挣钱，还是要学理科。"说着帮卫晟南在物理底下画了个钩。

"地理就不用补了，既然已经决定学理科了。"卫母刚要拿起橡皮，被卫晟南挡住了。

但卫母还是很痛快地把地理下面的钩擦掉了，签上了自己的大名。

"好了。"卫母把表格还给卫晟南，"老卫，我们去收拾一下。"

见卫父还恋恋不舍地瞥着电视，卫母赏了卫父后脑勺一耳光。

卫晟南吃着饭，只觉寡然无味。想起即将要去补习的几门课就觉得没劲，尤其是物理课，还不如听爷爷讲文言文。

次日，同学们往老徐手里交表格，蔡情特意跑到沈嘉林的座位看他的课表。

"全补？"蔡情拿着沈嘉林的课表惊叫。

沈嘉林点了点头说："反正也没什么事可干。"说毕拿着表往讲台走，身后几个女孩开始慌忙往自己的课表上打钩。

看来肖婷婷说得没错，蔡情果真对沈嘉林有意思。

老徐开始分发上周的测评卷子，发到卫晟南的时候，特意对她说："身后坐着一个数学宝库不知道学习吗？倘若你数学和物理成绩能提高些，班里没人能排在你前面吧。努力啊，卫晟南。"

卷子发到颜科手里时，老徐又说："前面坐着一个语文宝库不知道学习吗？倘若你语文成绩能提高些，学校里没人能排在你前面吧。"

几乎同样的话，听得卫晟南的心里有些痒痒的。

肖婷婷用笔戳戳卫晟南的胳膊："这周日你陪我跟薛中天去步行街奶茶店喝奶茶吧。"

"我妈说，奶茶都是香精勾兑的，哪里有那么多纯正的牛奶和茶……"

"去那儿的有谁是单纯想喝奶茶的？"一句话噎得卫晟南没话答。

她不想去当电灯泡，只好说："不想去。"

"最后一个周日了，下周就要月考了。"肖婷婷继续撺掇卫晟南，"你要不陪我去，我妈一定不让我去。只要我说跟卫晟南玩去了，她一定放心。"

卫晟南只好答应。肖婷婷的高帽子戴得不露声色，她知道卫晟南爱听这话。

"周日下午两点,步行街入口,不见不散。"见卫晟南默许了,肖婷婷转身去通知薛中天。

15

"你能不能先别看了。"颜科一只手摁住了卫晟南面前的数学课本。此时她正坐在这家名为"有意思"的店里,一边看数学课本,一边在卷子上奋笔疾书。旁边卡座里是薛中天和肖婷婷,两人正分享一杯超大量的爆珠奶茶。他俩头抵着头,时不时相视一笑。肖婷婷拉来卫晟南做挡箭牌,薛中天自然拉着颜科,还有一个原因是,颜科的腿脚也不方便去别的地方。

颜科跟卫晟南坐在他们旁边,桌子上摆满了卫晟南带来的作业,她用笔帽当发卡,卡住遮眼的刘海,正写得酣畅淋漓。

卫晟南诧异地抬起头,看着颜科:"不写作业我来干什么?"

颜科一时也答不上来,无奈地往后一靠,把自己陷进沙发里:"苍天快救救我吧。"

卫晟南无心理他,继续奋笔疾书。

"想要吃点什么?"年轻漂亮的老板娘往颜科身边的屏风一靠。颜科见了她立刻喜笑颜开,说:"给我看看有什么好吃的。"

"请看。"老板娘把菜单摆在他面前,"这位是你的家教老师吗?"

"是,"颜科憋住笑,不顾卫晟南的反驳,"先把菜单给我的家教老师看一看吧。"说完眼神里全是戏谑。

卫晟南已经有点不高兴了,她看了眼菜单,带的钱只够买杯饮料的,只好说:"没什么想吃的,谢谢。"

"那喝点什么呢?一会儿要讲课,会口渴吧。"老板娘继续热情兜售，"爆珠奶茶是新品，咬开珍珠里面就是巧克力，"老板娘做了一个陶醉的表情，"珍珠的皮很薄的。"

"不喝。"卫晟南板起了脸，对颜科说，"奶茶都是香精勾兑的，对身体不好，我劝你也不要喝了！"

"给我来一杯大杯的、香精勾兑的奶茶。"颜科合上菜单，一本正经地对老板娘说，"还有，一份炸酱面……"

"知道，炸酱和面分开。"看来老板娘很熟悉颜科的口味。

"我要一杯白水吧，再来一点盐。"卫晟南说。

"盐？"老板娘诧异地看着卫晟南。

"盐，就是炒菜的盐。"卫晟南说。

看到颜科怪异的神情，卫晟南解释说："觉得口渴的时候，说明身体已经很缺水了，喝盐水可以补充流失的盐分。"

颜科送了她一个白眼，自言自语道："为什么要约在'有意思'？一点意思也没有！"

卫晟南继续做她的作业，时不时用眼睛瞟着大大的落地窗外面，唯恐卫母或者别的什么人看到她。

颜科像是看出了她的心思，自顾自嘬着奶茶："嗯，真的挺特别的，你要不要尝一口？"他友好地把奶茶往卫晟南面前一推。

"你喝过了。"卫晟南头也没抬。

颜科默默地把奶茶拿了回来。

卫晟南想了想，迟疑地问："丢了篮球鞋对于你们男孩子来说，是不是就像女孩子丢了头饰那样严重？"

"那得看什么样的篮球鞋。"颜科一口面，一口酱，卫晟南看着都替他觉得咸。

"如果是限量版的，又有球星签名……"卫晟南哆哆嗦嗦地问。

颜科静默地看了卫晟南一眼。

"那就如同女孩子丢了贞操。"

"你不要脸！"卫晟南的脸瞬间红到了脖子。

"无趣的女人。"颜科嘟哝了一句，又凑近她，"真的脸红了哎！"

卫晟南心里不爽："那什么叫有趣的女人？"

"蔡情那样的啊，"颜科说，"会打球，会玩游戏，歌唱得也不错，最起码她不会把作业带到'有意思'里来写。真没意思。"

卫晟南无端冒出一股气来。想吵架，然而在这种场合又觉得胆怯，只好继续进攻数学题，可这道题解了很久都没解出来。她有些烦躁，奶茶店循环播放的歌曲和周围小青年们的喧闹声吵得她浑身出汗。

"那你去找蔡情啊。"卫晟南气鼓鼓地回嘴。本以为颜科会接话继续吵，没想到他用手指点了点卫晟南的作业。

"这一题，不能用这个公式。"说着他接过卫晟南的试卷，把她的笔也抽走了，伏在桌上开始解题。

不到五分钟，这一道大题就解出来了，字迹工整，井井有条。颜科把解好的题往卫晟南面前一摆，卫晟南心里是服气的。

"公式你最好理解着去记忆，否则没法活用的。"颜科说。

卫晟南心想颜科也不是那么一无是处吧，数学是真的好。她看了看正认真喝奶茶的颜科，突然冒出来一句："男孩子是不是都喜欢蔡情那样的女孩？"

"蔡情？"颜科没料到卫晟南思维跳跃得如此厉害，"大多数男孩会把蔡情当朋友吧，她挺仗义的。"

卫晟南觉得颜科给的评价低了，她说："你刚才还说她有意思。"

"有意思，你这么一说，好像也是，找个有意思的谈恋爱，总比找个没意思的强。"颜科若有所思地看着窗外。说曹操曹操到，沈嘉林提着小提琴琴盒走了过来，后面跟着骑着摩托车的蔡情。蔡情绕了一个弯堵住沈嘉林的路，两人似乎在对峙，周围三三两两的人在看热闹。

蔡情一身机车服，长刘海遮着半只眼，配着她的摩托车，像个闪闪发亮的骑士。沈嘉林还是平常那副模样，简单得没有任何装饰的衣着。然而平直的肩膀，挺直的后背，让他显得很不平凡，起码卫晟南从未在越城见过这样气质的男孩。其实颜科薛中天等人也不错，但沈嘉林跟他们不同，他是那种好像从生下来就不曾孩子气的人。

"你不出去支援一下蔡情吗？"卫晟南口是心非地说。无论如何现在她是无法静下心来写作业了。

颜科一声不吭地出去了，卫晟南紧随其后。

肖婷婷和薛中天此刻眼睛里只有对方，完全看不到其他人。

他们走出"有意思"店门口的时候，沈嘉林注意到了，转头看了一下，见颜科也在，略怔了片刻，继而冲卫晟南微笑起来。

"你在这里啊。"他看着卫晟南走过来，一把拉住了她的手。

看热闹的人开始起哄，蔡情拼命拧了下油门，摩托车的噪音压下了嘈杂声，她的眼睛里全是敌意。

卫晟南本能地想挣脱开，但沈嘉林的手劲很大，他压低声音在卫晟南耳边说："篮球鞋。"

卫晟南瞟了一眼颜科的脚，只得任由沈嘉林摆布。

沈嘉林拖着卫晟南拨开人群往外走，蔡情转了一个圈，堵住了二人。

"我们要走了，请你让开。"沈嘉林看着蔡情说。

"为什么是她？"蔡情咬牙切齿地问。

"对啊，为什么是她？"颜科也凑上来，站在蔡情旁边重复了一遍。

卫晟南心脏跳得厉害，她不敢看周围的人，任由沈嘉林牵引着。她的脸烧得通红，全身的感官几乎全部消失了。

终于绕出了众人的视线，卫晟南把手快速抽了回去，她几乎不敢直视沈嘉林，心中莫名升腾起了无尽的担忧。

"我们这就算扯平了，"卫晟南说，"这次我帮了你，以后不准再提那件事了。"

沈嘉林大方地说："可以，你可以回去了。"

卫晟南伸头看了看步行街的尽头，蔡情从摩托车上下来了，像是在哭。颜科一手扶着她的肩膀，另一只手搭在摩托车上。卫晟南看不清他们的表情，但亲密的动作令她有点不适。

"蔡情喜欢你吗？"卫晟南问。

沈嘉林既没有肯定也没有否定，他说："有时候人分不清楚自己的感觉。蔡情要强，但实际她没有表面上看着那么强，内心软弱的人很容易混淆一些感觉。"

卫晟南没想到沈嘉林平时总一副中庸的派头，竟也会在背后点评别人。

"那……"卫晟南脱口而出，"那颜科呢？"

沈嘉林静静地看着卫晟南，看得卫晟南无处可藏："颜科怎么了？"

"没怎么，"卫晟南伸头看看远处的蔡情和颜科，见他们结伴回了"有意思"，"蔡情在，我回去多尴尬。"

"那我带你走吧。"沈嘉林说。

那我带你走吧。他说着如此暧昧的话，面色却稀松平常。

16

"所以说，后来你是跟沈嘉林走了？"肖婷婷疑惑地看着卫晟南，"奇怪，他为什么对你那么关注？"她回头看看坐在阳光下看书的沈嘉林，他正专注地读着一本硬皮书，深棕色的瞳仁在光线下呈现出琥珀色，周围坐了大约四五个女孩。蔡情走了过去，她们全讪讪离去。沈嘉林抬头看见蔡情，礼貌一笑，又埋头看起书来。

"说说，你们俩都干什么了？"肖婷婷八卦兮兮地看着卫晟南，不怀好意。

"他去上小提琴课，我就跟着听了三个小时琴。"卫晟南回想着那天的情景：她坐在沙发上，沙发非常软，软得令她昏昏欲睡。带精致镂空蕾丝的淡紫色窗帘把阳光切割成碎屑，撒了一室的闲情雅致。

"没了？"肖婷婷追问。

"没了。"卫晟南不想谈论这个话题，她的脑海里不断浮现那天下午的场景。她从没想到越城还会有这样景致的小屋，窗外花园全是高高矮矮的植株，有青紫色的勿忘我、红色的玫瑰，还有很多卫晟南叫不上名字的花。

她伸手触摸一朵浅玫红色、生得亭亭玉立的花，还未触及花瓣，身边一个声音说："这是扶郎花。"

"有些像菊花，但比菊花高。"卫晟南说。

"是菊花的一种，又叫太阳花。"沈嘉林看了看卫晟南的手，"你练过琴？"

卫晟南张开指甲剪得很秃的手，放在阳光下看："以前练过钢琴。"

"现在还练吗？"沈嘉林问。

卫晟南摇摇头："我妈说当个兴趣爱好就可以了，高考又不能当分数使，练它有什么用！"

正说着，沈嘉林被里屋的老师喊了回去，卫晟南望着他渐远的背影，不由得产生了一种恍惚的错觉，这里不是越城，而是某个异域的热带小岛，遥远又神秘，虚幻得犹如一个梦。

时间在这里很漫长，要慢慢消磨。

"大爷的，不是说降温吗？热死朕了。"

"热得我的裤衩都湿透了。"薛中天也抱怨。

薛中天和颜科一前一后进了教室，薛中天说完这句话，两人对视几秒钟，爆发出一阵坏笑。卫晟南的白眼几乎翻到了后脑勺。

"老大，你又在写作业，没用的，过两天就考试了。"薛中天把头倚靠在肖婷婷的肩膀上说着，接着又问颜科，"你哪个考场来着？"

"11。"颜科说。

卫晟南轻轻地把自己的准考证夹到书里，第一栏的考场号处写着11，第二个1有点粗。

跟颜科一个考场。卫晟南在心里说，希望能离他远一点儿。

17

卫晟南抬头看窗外阴沉的天，觉得可能会下雪。她匆匆吃完早饭就往外跑，临到门口卫母抄起卫晟北的鸡蛋，往她口袋里塞。

"那我吃什么？！"卫晟北反抗。

"你姐考试，先紧着她……"卫母呵斥卫晟北，"你的成绩有你姐一半好的话，一天给你吃十个……"

卫晟南气喘吁吁地跑到了11考场，还有一分钟开考，卫晟南几乎踩着铃声进的教室。

监考老师拦住了她："这个考场人已经齐了。"

卫晟南紧张地抬头看考场号，没错，是11号。

"老师，我就是这个考场的。"卫晟南举着准考证解释。监考老师仔细看了一下，奇怪地哎了一声。

开考了，教室里的老师开始分发试卷。卫晟南急了，横了心就要往里冲，再次被拦下。教室里的人都被惊动了，纷纷抬头往门口看。

"让我进去看看座位号，"卫晟南焦虑地解释，"没准儿有人坐错了。"

卫晟南和两个老师一排排数着座位号找，找到28号颜科的位子上。

"这位同学，准考证给我看一下。"监考老师对颜科说。

颜科大大咧咧地把准考证交上去，两人的考号一模一样。

"是不是搞错了？电脑查一下记录吧？"颜科建议。

"因为是小考，所以没有登记，连学号和照片也没用，每个考场的老师只有一份座次表。"监考老师表示很难办。

"那我怎么办？"卫晟南急得要哭。她的头嗡嗡作响，就靠语文拉点分数，这耽搁了得有五分钟了，眼看就要砸手里了。

"哎哟，对不住了。"颜科忽然一拍脑袋，他拿过老师手里的准考证，"我进错考场了。"说完要走。

"还没查清楚，先别走。"监考老师阻止他，但颜科一低头从老师胳膊肘下钻了出去。

"我是17考场的。"颜科着重咬了17二字，口齿清晰，"来不及了来不及了,走了啊!"嘴向着监考老师,眼睛却看着卫晟南,给了她一个眼色。颜科的脚还未好利索,一蹦一跳地离开了考场,卫晟南一直目送着他的背影从窗前消失。17考场在另一栋教学楼里,从这里赶过去最快也要十分钟。

老师狐疑地让卫晟南坐下,卫晟南长舒了一口气。她想不管怎样先考试吧,结果一看准考证,她几乎要从座位上跳起来,颜科把准考证拿错了。

卫晟南几欲站起来去找颜科,但监考老师感觉卫晟南实在可疑,一直在她的附近来回转悠。残存的理智把她钉在座位上,她先写选择题,表面上镇静自若,大脑却在高速运转。

17考场。颜科刚刚说了17这个数字,她准考证上的考场号的确第二个1略粗,这么说他们俩座位号重了,而她的考场号被人动过手脚,也不一定是17考场,也有可能是12。

月考的临时准考证不覆膜,也没有照片,只有姓名班级和考号,要改也不是难事。可倘若现在去找颜科,那耽误的时间就更多了。

卫晟南焦虑地做着题,语文是她的强项,提前二十分钟就完成了答卷,她盯着姓名信息一栏发呆。卷子是按考场收上去,等排完分数再按班级分发,桌子上的考场号与颜科的准考证上的是一致的,卷子也按考场排。她不敢确定自己的考场号,如果写上自己的名字,恐怕考试成绩要作废。

"别忘了把名字写上。"监考老师不知什么时候立在她身后催促。

卫晟南咬着牙不让自己崩溃,右手颤抖着签上了颜科的大名和学号,每写一笔,都在心里狠狠骂一句:"颜科,你这个……"

她不知道该用什么词语来表达,什么样的词语也不足以表达她对他的怨恨。

这是报应。伴随着交卷铃声响起,她悲哀地想,这都是我害他受伤的报应,没准儿那只鞋已经被他下了诅咒了。

她把答题卡交给老师,拿着试卷就往外跑。走廊里一阵冷风,几片雪花擦过她的脸颊。

她不由得看呆了,雪花慢悠悠地往下落着,四处一片白茫茫的,所有颜色都不见了。

今年的雪来得太早了。

卫晟南冷极了,她把校服袖子放下来,手缩进袖筒里,穿过打雪仗的人群,先去了12考场。在12考场外看到了蔡情和田瑶,她们看到卫晟南,脸上的表情很不友好。

她记得江海在12考场的。

卫晟南找到江海,他正落寞地看人群中的范静。范静是美女,美女不会疯玩雪,所以她正捏着一只雪兔子,嘴里喊着卡哇伊。

"颜科跟你一个考场吗?"卫晟南直奔主题。

江海摇摇头:"刚看见他从17考场出来,你去那边找找。"

卫晟南走到17考场,左顾右盼,这时有人轻轻拍了她肩膀一下,她回头一看是沈嘉林。他的头发上眉毛上都落了雪花,要命的是卷翘的睫毛上也有星点雪花,伴随着他眨眼的动作忽明忽暗。

"怎么到这边来了?"沈嘉林问。

卫晟南踮起脚往教室里瞄,没看见颜科。沈嘉林立刻猜到了她的来意,扳过她的肩膀,让她面朝操场。

卫晟南一眼就看到了颜科,他身着宽大的橙色棉服,正与几个同学打雪仗。尽管有条腿不太好使,却没影响他蹦跳。因为常年打球的缘故,他的动作格外敏捷,能够轻松躲过大多数雪球。年轻张扬的侧脸棱角分明,当然也还带着一点青春期男孩子特有的、还未完全褪去的稚嫩线条。

"颜科！"沈嘉林喊。

颜科转过了头，卫晟南瞬间觉得周边安静下来，嘈杂声全部后退，只剩他鼻尖冻得通红的脸庞，那张永远不会因为时光而褪色的年轻面容。

18

颜科在前面走，卫晟南举着语文试卷跟在他后面，一题一题地跟他对答案，然而颜科一直满不在乎地说："好像是……不记得……可能吧……"

卫晟南无法接受模棱两可的答案，她追求的是精确。于是她绕到颜科前面问他要准考证。

"我们换回来。"她不能允许颜科顶着她的名字胡来。

"我可是费了老大劲才让老师相信我是17考场的，"颜科无辜地说，"换可以，如果你能对付监考老师的话。"

见卫晟南还不死心，颜科继续说："要换也是下午再换，不然第一场是我，第二场变成了你，他们会觉得我找了替考。"

卫晟南觉得自己肯定完蛋了："早知道不跟你换了。"

"谁让你不好好看看自己的准考证，"颜科掏出卫晟南的准考证，举到空中，"你看，这明显是后来涂改上去的，第二个1上面宽下面窄，涂改的颜色也不完全一样。"

"那你为什么要拿我的准考证？我自己也能找到考场！"卫晟南带着哭腔责备他，但心里清楚自己不一定找得到考场，还好颜科拿错了。

"你以为我想拿错啊，你以为我想……我想叫卫晟南？！"颜科忽然变得局促起来,可下一秒又张牙舞爪地说,"快回去,下一场考数学,我可警告你……"

预备铃响了,卫晟南没等他说完下半句话,拔腿就跑,留下颜科一个人站在走廊上。

看着她的背影,颜科嘟哝着跑步姿势可真丑啊,但临进教室前还是多看了一眼,直到目送她上楼,看她一层层跑上阶梯教室那边的楼梯,气喘吁吁地打报告进了考场,才放心地走进教室。

迎面撞上沈嘉林似笑非笑的脸,他像被人识破了心思一般,慌忙躲了过去。他指尖抚过卫晟南三个字,心里说,卫晟南啊你可真是三生有幸,看朕缜密的大脑怎么给你搞个满分出来。

考完数学已是中午,众人一出考场就抱怨题实在太难了。卫晟南也觉得题目难,加上一上午的提心吊胆,她疲倦极了,然而还是心心念念地去找颜科对答案。

雪又纷纷扬扬地下了起来,卫晟南被急促的大雪刮得睁不开眼。她拉着颜科的书包带子不放,逼迫他对完选择题和后面大题答案再走。

"书包给我……"

"不行!"

"我要把……"

"不行!"

卫晟南火急火燎地堵着他的话,颜科指了指越下越大的雪说:"你让我打开书包拿把伞!"

卫晟南看着他从包里拿出一把伞来,心想怎么那么多事儿,下雪天她是从来不带伞的。

一把深褐色底、印有白色花的伞在他们二人头上绽开。颜科举着伞,撑开一小片无雪的环境,加上他多少挡住了些许风,卫晟南觉得带伞也不是件坏事。

"我就是行走的数学标准答案,"颜科夸口,"根本不用对答案。"

尽管如此,卫晟南还是扯着他,一题一题对完了。到最后,颜科把伞递给卫晟南:"帮我拿下伞,我把试卷装书包里。"

卫晟南举着伞,颜科装完东西,整理好先走了。他走出老远,卫晟南才发现伞忘了还给他,大声对着他的背影喊了一声,颜科回过头,冲她挥了挥手,整了下书包带子,继续踩着雪往前走去。

19

他们下午换了回来,对此周围同学并没太在意。接下来的几天卫晟南都没见到颜科,他的伞还在书包里装着。

又一颗炸弹!她想起柜子里的那只鞋。

尽管担忧着自己的语文和数学成绩,但考完试的她心情还是轻松了许多,这个周末过得也相对开心,卫晟北也不那么讨人厌了。只是从这周日起她就得开始补习,爷爷的补习班也开课了。

但究竟是谁改了她准考证上的考场号呢?

卫晟南去补习班的时候,特意把柜子锁上了,她并不放心卫晟北。虽说大部分时候妹妹都是站在她这一边,也难保卫晟北不会头脑发热说漏嘴。

卫晟南习惯坐在第一排,这样可以跟老师有目光交流。但今天她选择坐在最后面,能够一眼看过所有人的后脑勺。她并不知道都有谁来补习,眼睛望着门口,沈嘉林最后一个进来,顺手带上了门。

没有看到颜科,卫晟南心里有点空。

沈嘉林刚进来,早就在第一排替沈嘉林占了座位的蔡情开始挥手招呼他。她真是越挫越勇，上次"有意思餐厅"门口的事丝毫没影响她的热情，沈嘉林之于她，相当于太阳之于向日葵。

沈嘉林没有坐她占的位子，而是径直坐到了卫晟南的旁边。

物理是卫晟南的弱项，她听得尤其认真，下了课都不知道。直到她把一道题演算到跟标准答案一致后，才心满意足地去推自行车回家，但前轮胎竟然被人拔了气门芯。

左右看看，空无一人。冷风吹过，她打了个哆嗦，总觉得有人在暗处看着她。她推着车走，死盯着地上的影子，唯恐谁突然从看不见的角度扑来。

出了物理老师家门，她看到颜科远远地站着，扶着他的伤腿。应该是新换的石膏吧，比之前干净了很多。

出于内疚，卫晟南走过去喂了一声。颜科看了她一眼："怎么还没回家？"很意外，这句话听上去很温和，不像平日里总是明讥暗讽的他。

"气门芯被人拔了。"卫晟南说，"也不知道是招惹了谁，这些天总遇到些倒霉事。"

"我也是啊，不知招谁了，腿脚受伤到现在也没有好。"卫晟南听了浑身不自在，她当初没想过要颜科受伤，即便受伤也没想到那么严重。其实颜科也就嘴损点儿，她此刻是真后悔了，然而却不敢跟他承认错误。

两个人都各怀心事。

"反正我腿骑不了车了，你骑我的车回家吧。"颜科大方地把车往卫晟南身边一送，接过她的车。

"就算你骑不了车，也没法走路啊。"卫晟南说。

"我坐地铁。"颜科推着卫晟南的车走到路对面，卫晟南拦了两下，没拦住。

"放心吧，改天我一定把你的车弄到学校去。"颜科站在路对面，双手卷成喇叭状，对卫晟南说。

卫晟南一时觉得心情很复杂，对着颜科大喊了一声："颜科，其实……"

颜科立在昏黄的路灯下，长款的棉服下摆随风飘动，他身后的背景是灰蒙蒙的居民楼群，比楼群更庞大的是靛蓝色的苍穹。

他喊回来："你说什么？"

"谢谢你！"卫晟南脸红心跳地骑上车先走了，虽然男生的高赛车前杠高，但她腿长，上车并不费力。

蹬了两下，车轻快地往前滑行，她感谢冷风拂面。

20

各科老师都很中意沈嘉林，试卷也是叫他帮忙发。卫晟南拿到了语文试卷，不出所料，语文分数比她预期的要低，数学却是满分。

卫晟南和颜科试卷一到手就赶紧看了起来，两人几乎同时举着卷子靠近对方，卫晟南向后转，颜科把试卷递到她鼻子下面，二人异口同声道："你没长脑子吗？"

两人皆是一愣，同时把对方答的卷子举起来。颜科大声地说："搞什么，'突然下的雪'怎么就能表现出旧社会的严酷了……"

卫晟南把颜科答的试卷往他面前一摆："'雪'表现出主角有冤情？"

"你没听说过'六月下雪，必有冤情'的谚语吗？那个窦娥死前，不就是好好的六月下起了雪？"颜科振振有词道，"你也别挑刺了，数学我可是给你搞了个满分的。"

"数学全年级只有五个满分卷，其中一个在我们班，"老师在讲台上说，"卫晟南同学……"

"听见没，"颜科压低声音在卫晟南耳畔说，"得好好谢谢我吧？"

"我语文还给你考了第一名呢！你怎么谢我呢？"卫晟南嘀咕着，把数学卷子小心折叠好，夹在书里。

"不如我带你去一个地方玩吧？"颜科突然话赶话说。

卫晟南的脸红了，她心里告诉自己别瞎想，然而还是忍不住去回味他话里的亲昵。

这事儿卫晟南谁也没说。周五晚上她跟卫母撒谎说周末帮老师改卷子统计分数，改卷子统计分数都是真的，只不过周五两节自习课已经帮完了。

周六清晨卫晟南在镜子前照来照去，冷不丁听见卫晟北问："约会去吗？"

卫晟南做若无其事状，回嘴："怎么可能？我是帮……"

"如果是去约会，最好别穿校服。"卫晟北转身走了，卫晟南看着妹妹朝气蓬勃的样子，心里想不穿校服难道穿你的衣服啊？

眼睛瞥见妹妹半掩的衣柜，发现这丫头不知什么时候攒了一柜子花花绿绿的衣服，乱七八糟地堆着。卫晟南还是鬼使神差地把手伸进了妹妹的衣服堆，并且偷用了卫母的啫喱水，让头发服帖一些。

卫晟南扭捏着从家里走到约定的地点，老远看到颜科站着，石膏拆掉了，冬日的阳光下，整个人显得很清爽。

卫晟南还未来得及跟颜科打招呼，突然传来一声怪叫，薛中天蹬着卫晟南的自行车，载着肖婷婷从两人中间穿过："原来你说带个女孩是带卫晟南呀。"

原来还有别人……

卫晟南不知怎么接话才好，连肖婷婷的眼睛都不敢看。肖婷婷从自行车上跳下来，热情地挽住卫晟南的胳膊。当她发现卫晟南的变化时，轻轻哟了一声："真飒。"

用了啫喱水的头发不再蓬乱，光滑垂顺，长度刚好扫到肩膀。因为天气不算太冷，她穿了一件卫晟北的牛角扣大衣，红颜色很正，十分抬气色。

"卫晟南。"沈嘉林跟卫晟南打招呼。他也穿了件红大衣，跟卫晟南站在一起很和谐。

蔡情走了过来，先跟颜科打了招呼，看到卫晟南也在，毫不掩饰地翻了个白眼。她画了很重的眼线，白眼珠格外明显。

颜科见人到齐了，带着他们往地铁站走。卫晟南怯了，说："我还是不去了吧，我晕地铁。"

"晕地铁？"颜科的眉毛快扬出发际线了，他问，"怎么还有人会晕地铁，你是地球人吗？"

"那我就……"卫晟南想逃，谁料颜科一挥手说："咱们坐大巴去。"

"坐大巴？咱们要出城？"卫晟南没想到这是趟远行，怪不得大家都背着包，唯独她什么也没带，空手来的。

"颜科没跟你说吗？我们要去爬八公山。"肖婷婷扬起了眉毛，眼睛看向颜科。

"我忘记了。"这话倒符合颜科的性格，他挠挠头，"我以为女孩子出门都要带很多东西，谁知道她什么都没带。公交卡也没带？"

卫晟南掏掏兜儿，带了个小钱袋，里面是她全部家当。不到五十元，公交卡倒是有。

"没关系,卫晟南可以用我的。"沈嘉林在一边说着,拍了拍他的双肩包,"里面应有尽有。"

看到蔡情冒火的眼神,卫晟南慌忙回绝了:"不不不,我可以用肖婷婷的,再说,我也用不着什么……"

说话间巴士来了,颜科又招呼着大家上车。他把包往靠窗的位子一扔,站在车门旁,看着大家一个个上车。卫晟南正要上车,被颜科一把拉住了手腕:"一会儿,你坐在我旁边。"

21

卫晟南一愣,看着颜科,颜科也看着她。有前车之鉴,卫晟南不敢自作多情,所以只是淡淡地哦了一声。

车上人不多,毕竟这个季节去八公山的人少。肖婷婷和薛中天坐在一起,沈嘉林独自坐在前排,他后面隔两排是颜科事先扔上来的包。

沈嘉林冲卫晟南翘起嘴角一笑,很绅士地让座:"晕车吗?你坐靠窗位子吧。"

话音刚落,蔡情上来了,不客气地挤开卫晟南,坐到了沈嘉林让开的位子上。

"我晕车。"蔡情说。

"我去后面坐。"卫晟南笑笑,但也不好意思跟颜科坐一起,就挑了个中段的位子,既不怕晕车,又能看到大家。

颜科跟在蔡情身后上了车,看到卫晟南离群索居地坐着,大声问:"你坐那么远干吗?"

"视野好。"卫晟南回答。

颜科耸耸肩,一副无可奈何的样子。他一人占了两个位,从书包里掏了一阵,拿出一副大耳麦扣上了。

车启动了。

卫晟南忧心忡忡地看着窗外飞速往后的景色,看样子中午是回不去了,又没跟卫母交代,万一她电话打到老师那里怎么办?恐怕这次凶多吉少。其实可以果断不去的,可还是鬼使神差跟来了,真是玩也玩不痛快。

沈嘉林回头看了看卫晟南,从背包里掏出一只保温杯,对卫晟南说了句什么。因为距离略远,加上大巴的马达声太吵,卫晟南没能听清,她只看见沈嘉林的嘴唇在动。

"你说什么?"卫晟南问。沈嘉林也没能听清她的话,摊了摊手。

"他问你喝不喝他亲手煲的银耳雪梨汤,没加糖,还是热的!"颜科虽戴着耳麦,也没回头,倒是听得清楚。

"她说她听不清你在说什么!"颜科又朝沈嘉林吼道。

卫晟南虽有些口渴,但碍于蔡情在,正想避嫌回绝,沈嘉林已经拎着包扶着椅子靠背一点点挪了过来。蔡情瞪了颜科一眼,一副嫌他多管闲事的样子。

沈嘉林坐到卫晟南旁边,把保温杯递到她手里,并在杯底垫了块纱布手帕。

"如果饿的话,这里还有吃的。"沈嘉林说。

"谢谢你。"卫晟南由衷地感谢他。这个男孩与别人不太一样,对于样貌并不出众的她来说,从小并不怎么受人重视,沈嘉林能一视同仁,挺难得的。

"不用谢啊。"沈嘉林把手扶在前排椅子的靠背上,就像把卫晟南护在怀里一样。两个人肤色都很白,被身上的红衣衬得光艳照人,你来我去的又都很有分寸,被旁边一对情侣看在眼里。女的推搡了一把酣睡的男人,嗔怪道:"你看人家的男朋友,再看看你。"

"不不不,你误会了……"卫晟南红着脸解释,却发现解释不清,穿成这样子,又喝着他的东西,不误会也难。

"听说你这次数学考了满分,真厉害。"沈嘉林称赞道,"题挺难的,最后一道附加题我没做出来。"

卫晟南脱口而出:"其实我也没做出来……"

看着沈嘉林似笑非笑的表情,卫晟南想起跟颜科换身份的事情,忙岔开话题:"是颜科邀请你来爬山的吗?"

沈嘉林一副很奇怪的样子:"不是你邀请我的吗?"

22

卫晟南被问蒙了,她指着自己:"我?"

沈嘉林也有点蒙:"对啊,你让肖婷婷过来找我,说考完试了大家伙一起轻松一下,去八公山吃吃豆腐,爬爬山。"

"不是颜科组织的吗?"卫晟南越来越迷糊了。

"怎么会是他,他刚拆了石膏能爬山吗?"沈嘉林笑了,笑得很好看。

卫晟南正想细细与沈嘉林对下细节,无意中瞟到颜科严肃的眼神,她知趣地闭了嘴。不用说,一定是他为了撮合蔡情和沈嘉林想的辙。不过一想到肖婷婷也是帮凶,卫晟南心里不舒服起来。

她是自己最好的朋友,然而却没知会自己一声,卫晟南看着窗外,掩饰不住的失落。

自从肖婷婷跟薛中天越走越近之后,两人中间开始隔了点儿什么东西,互相看不清对方的面孔。

到了八公山，众人依次下车，这次颜科牢牢地把卫晟南堵在身后，等他们打闹着走远了，他转身问卫晟南："你喜欢沈嘉林吗？"

卫晟南被颜科问愣了，还未回答，又被颜科抢了话："不喜欢人家干吗老黏着他？你姓黏吗？"

"谁……"

"你看不出蔡情喜欢沈嘉林，沈嘉林喜欢蔡情，两人两情相悦吗？不要老当人家的电灯泡。"颜科机关枪似的，一点也不客气。

卫晟南本来就委屈，被颜科一激，也急了："我真不明白哪里得罪你了，你为什么要肖婷婷借我的名义找沈嘉林来爬山？策反我的朋友，经过我的同意了吗？"

颜科见卫晟南急了，态度软和下来，嗫嚅道："肖婷婷是个有民事行为能力的自由人，做什么事为什么要经过你同意……"

"就算她是自由人，这件事你也应该跟我打声招呼，我不是你随意挪用的棋子！拜托你不要那么自大好吗？不是什么事情都必须要按照你的方式来。"卫晟南跟他理论，奇怪颜科怎么与平时那个咄咄逼人的他差很多，首先气焰上就弱了。

颜科突然说："对不起。"

卫晟南有些始料未及，她不知道该怎么说好了。颜科这么一道歉，她再发火就显得不够大度，原本也没人拿枪指着她脑袋逼着她来呀。

她心想算了，既然来了，先找个地方往家里打个电话，告诉卫母今天中午不回去吃饭了，但环视一圈没见到有电话亭或小卖部。

"你在找什么？"颜科老实地跟在卫晟南身后问。

"我妈不知道我今天来八公山，我骗她说给老师改试卷才出来的，中午不回家得给她说一声，不然我就惨了。"卫晟南边走边说。

"你可以用我的手机打啊。"颜科建议。

"那她再打回来呢?"卫晟南问。

颜科清了清嗓子,压低声音模仿老徐说话:"我就说我是老徐,卫晟南在我这里呢,你放心好了。"模仿的声音还真有点像,卫晟南忍不住抿着嘴笑了,接过他的手机往家里拨电话。

刚拨了几个数字,她家的电话号码就显示出来了,并且备注着"卫圣母"。

"卫圣母?!"卫晟南生气地大叫,"还有,你怎么有我家电话的?"

"你不喜欢改回来就是了,肖婷婷告诉我的。"颜科眼睛扫着别的地方,不自然地说。

卫晟南打完电话后,两人结伴往山上爬。颜科因为脚伤还未痊愈,加之背个超大的包,一路上走走停停的,卫晟南见他走得实在辛苦,提出帮他背包。

"你背不动的,我们抬着走吧。"颜科说。

卫晟南接过背包,果然沉甸甸的,不知道包里装了什么。"你这是带了什么东西,这么沉?"卫晟南问。

颜科没说话,眼睛看着台阶。

"问你呢!"卫晟南热了一身汗,站住了问。

颜科左右看看,轻轻地说:"这里面是帐篷,我们打算在山上过夜。"

卫晟南手一缩,包掉到地上。颜科见状哈哈大笑:"你还真信呀?真是白痴。"

卫晟南不再理颜科,转身就走。颜科在她身后喂了两声,见没留住她,加了一句:"你又要去当电灯泡吗?"

"沈嘉林不喜欢蔡情！"卫晟南转过身，碰巧她站的位置高，俯视着颜科说。

颜科愣了下："你怎么知道的？"

"这还用问吗？他对蔡情的态度那么冷淡，无论蔡情做什么，他都是抗拒的姿态，你们都看不出来吗？"卫晟南说。

"他对你挺好的，那他喜欢你，是吗？"颜科低下了头，卫晟南看不清楚他的表情，只听见他的声音闷闷的，好像感冒了鼻子不通气一样。

卫晟南正要说那你对蔡情那么好，是不是也喜欢她啊，但颜科把包往肩上一搭，与卫晟南擦肩而过，丝毫看不出他的腿有任何的问题，原本腿就长，还一次跨几个台阶，很快就把卫晟南甩到后面了。她看着颜科转了个弯，消失在一片竹林中，只得加快跟上。谁知卫晟南走到转弯处发现颜科就在路中央停着，见她上来了，才继续往前走。他俩中间始终保持着两米左右的距离，卫晟南快，他也加快步伐，卫晟南路过小景致多看了会儿，他就远远等着。

肖婷婷等人早已经在山顶的望远台等着了，卫晟南和颜科也依次上来了。肖婷婷见卫晟南累得脸色苍白，又看颜科的嘴紧紧绷着，便悄悄问卫晟南，是不是刚才又跟颜科吵架了。

卫晟南没有接她的话，反问："你是不是假借我的名义，替颜科和蔡情邀请沈嘉林来爬山了？"

肖婷婷原本想哼哼哈哈糊弄过去，见卫晟南是真生气了，只好承认："你也知道的，我一直想让你也加入这个大团体，大家一起玩不好吗？我想这是个挺好的机会，对不起，是我不对。"

卫晟南原本也没太生气，就说："那你也应该提前跟我说一下，搞得我好像是不请自来的一样。"

"你怎么会是不请自来的,咱们家晟南在哪儿都是灵魂人物……"肖婷婷见卫晟南不生气了,又开始贫。

"婷婷,老大,过来一起拍个照吧,这里风景挺美的。"薛中天在观景台招呼大家。

这么俯瞰下去,从山顶到山脚的景色一览无余。因为是深冬,阔叶树的叶子已经掉光,只剩下大片苍翠的松柏了。

在阳光的照耀下,远处光秃秃的枝丫呈现出一种灰紫色,重重叠叠的,一直蔓延到越城。

薛中天调整好相机和三脚架的位置,催促着大家:"快站好啊,婷婷给我留个位子,颜科你跟晟南个子高,站中间去。去啊,靠近点,不然中间就像缺了颗牙一样难看。再近一点,再近,再近……你们俩到底怎么搞的?!"

说着,薛中天小跑过去,一把将两人摁在一起,又快速蹦回肖婷婷的身边。咔嚓一声响,时间定格在这美好的隆冬,这也是卫晟南和颜科唯一的一张合照。

站在中央的她抿嘴微笑,脸颊红得就像被山中冷风催熟的灯笼柿子。旁边的颜科笑得格外灿烂,完全露出了他的两枚虎牙。

沈嘉林一如往常,平静地看着镜头,眼角眉梢带着若有若无的忧郁。蔡情借机把头歪在他的肩膀上,尽管拍完照片她就闪开了,可在那快门闪下的1/60秒里,她是快乐的。

咔嚓。

这一刻,时光隽永。

下山的时候,两人赌气似的故意离得很远,卫晟南时而在颜科前面,时而跟在他后面。路过一条小溪,她心不在焉地踩着石头走。有一段路水流湍急,沈嘉林扶着蔡情,薛中天背着肖婷婷先通过了,最后只剩下颜科和卫晟南。

"我可以考虑一下，帮你过去。"颜科傲慢地说。

卫晟南没理他，径直从他旁边走过，一步一跳，每步都很稳。

快到对岸了，卫晟南的心慌了一下，一只脚踩进了水里，另一只脚也打了滑。她心一凉，难道要从这掉下去吗？

一只有力的臂膀环住了她纤细的腰，紧接着向前一托，卫晟南与颜科四目相对，他俩鼻尖与鼻尖的距离不过一厘米。

她可以感受到他的鼻息，他身上清淡温热的香气，他低垂的睫毛，他摄人心魄的眼神。她的手无意间抚在他的胸口上，隐约感觉到心脏在深沉地跳动，就在她掌心的位置。

颜科面色平静地盯着她，慢慢靠近。卫晟南一阵惶恐，只见他的唇距离她的额头越来越近，她紧张得不知所措。

这是要吻她吗？周围这么多人看着呢！

颜科忽然对着她的眼镜哈了一下，白色雾气填满了整个镜片，她的眼前被大雾弥漫了。

腰间的手松了，颜科哈哈大笑，从她旁边走了过去。

"卫晟南，你真是个笨蛋！"

卫晟南羞愤极了，捉住颜科的衣服后襟，用力一扯，两人再次掉进齐膝深的冷水里。

"卫晟南，你疯了！"颜科摸着自己的腿，"好冷，好冷。"他猴子似的一跃跳回岸上。

众人笑颜科，笑声震飞了一群在树梢停歇的冬雀儿。

吃豆腐宴的时候，颜科向服务员要了个暖气炉放在脚边，两人为了烤干裤腿靠得很近。卫晟南的左半边身体挨着颜科，那温暖的感觉久久没有散去。

他没有挪开腿,好似没有察觉到一般。

23

坐上返程的巴士时天已擦黑,颠簸中卫晟南昏昏欲睡,半梦半醒之时听到薛中天向颜科要水喝。颜科似乎距离她很近,她可以听到包被拉开的声音。薛中天惊呼:"我说你的包怎么死沉死沉的,原来什么东西你都带了两份儿?"

颜科压低声音说了句什么,薛中天从包里掏了几袋吃的东西扔给肖婷婷说:"他每样都买了两份儿,还一直不拿出来,真小气。"

车到站了,卫晟南被肖婷婷推醒,这才发现颜科在距离自己两三排的位置。她整理了下衣服和头发下车,听见大家互相问怎么回家,想起自己的自行车是薛中天停放的,一问,竟放在距离巴士站还有段距离的体育场里了。

"明天再去骑吧,"肖婷婷说,"明天是周日。"

"明天不行……"卫晟南匆忙地与大家告别,"我先走了啊,补习班见。"遥遥听见沈嘉林在后面问了句:"要不我们一起……"

"不用了不用了。"卫晟南慌忙对着他们摆摆手,独自一人走了。到了体育场,她开完锁一起身,发现蔡情在门口站着。

卫晟南有些怕蔡情,看她外表,觉得她是那种一言不合就会原地爆炸的人,然而又怜悯着她感情的多难,就停下来打算问声好。

没料到,蔡情劈头盖脸地说:"你以为你是谁?"

天已经完全黑了,卫晟南看不清蔡情的表情。昏暗的路灯光晕朦胧,蔡情那双圆大的眼睛闪烁着异样的光:"你以为你是谁?凭什么所有人都要围着你转?"

卫晟南忙解释,但蔡情没有容她说下去:"所有人都知道我喜欢沈嘉林，只有你不知道吗？"

"他刚转来时，你们就鬼鬼祟祟地往天台跑。还有在奶茶店门口，你为什么要拐带他走？有他的地方必有你，你是不是故意的？你也喜欢沈嘉林吗？如果你喜欢，我要跟你正式宣战，如果不喜欢，请让开好吗？"

卫晟南怂了，她从没经历过这阵仗，推车要逃。蔡情捉住了卫晟南的手腕，卫晟南一惊，察觉蔡情的手冰凉，手心里全是汗。两人靠得十分近，近得能够看到彼此的睫毛在轻轻颤动，她能看清蔡情的大眼睛。这一瞬间，卫晟南感受到了她的悲伤与愤怒，脱口而出一句对不起，不知是向谁说，不知是替谁说，只是觉得很抱歉，觉得事情不该是这个样子。

她道完歉，蔡情松开了手。路上她不敢停留，一直往家的方向去，冷风灌得她浑身没有一丝热气。

到家停好车，卫晟南看到卫母就坐在门口的凳子上织毛衣，卫晟北和卫父坐在饭桌边吃饭，屋里有种令人尴尬的静默。

"回来啦，到哪里去了？"卫母平静地问。

她这么问，就说明什么都知道了。卫晟南站在门口，观望着卫母的脸色。

"如果想跟同学出去玩，直接跟我说不好吗？非要撒谎，跟谁学的呢？"卫母用毛衣针划了下头发，冷淡地说，"你用谁的手机打的电话？"

"同学的……"

"男同学？"

"女的……"卫晟南战战兢兢地回答。

卫母不织毛衣了，她把东西往膝盖上重重一放："我回拨过去，是个男生接的。"

糟了。卫晟南在心里嘀咕,不知道颜科会跟卫母说什么。

"都跟谁一起去的?"卫母正色道,"只有你们两个吗?"

"还有肖婷婷、薛中天、蔡情、沈嘉林……"卫晟南不自觉地隐去了颜科,她偷瞄了一眼卫母,卫母的脸色很不好看。

"你这样很不好,知道吗?再这样子下去跟那种街上混的坏学生有什么区别?我送你去重点高中,不是让你去玩的!这两天哪里都不许去,好好反思!"言罢,她把一张厚实的沙发垫扔到墙角,卫晟南知趣地坐了过去。这是卫母的惩罚方式,不听话的卫晟北被惩罚的次数较多,她只有很小的时候经历过。

爷爷几次为卫晟南求情,都被卫母冷冷地拒绝了。卫晟南一坐就是一夜,哭了一阵,又后悔又难过,凌晨时分终于靠着墙睡着了。

不知睡了多久,卫晟南只觉得浑身发冷,突然一只冰凉的手搭在她的额头上,模糊听到卫晟北在喊:"我姐发烧了!"

睡去又醒来,梦连着梦,多数是小时候犯了错,想找卫母寻求安慰,却被卫母呵斥去反思。最后一个梦特别清晰,她梦见了颜科,颜科进来了,坐在她的床边,眼神里满是温柔的忧虑。他的形象如此清晰,一言不发,就这么静静地陪伴着她。时间过得好慢,秒针滴答滴答的声音非常大,她听见颜科轻轻地说了句对不起。

"对不起,卫晟南,快点好起来吧。"

这声音如此亲切,如此真实,令卫晟南从昏睡中挣扎着清醒过来。她睁开眼,看到的是露着电线的天花板。

卫晟北进屋看见卫晟南醒了,给她倒了杯水:"醒啦?你睡了一整天。"

"有什么人来过吗?"卫晟南问。

卫晟北立刻来了精神，凑到卫晟南面前："你昨天跟谁玩去了？今天有个男生问你来着。"

"谁？问的什么？"卫晟南追问。

卫晟北挠挠脑袋，说："他没说是谁，就问卫晟南呢？我说你病了，他问什么病？我说发烧了，他说哦。"

卫晟南见卫晟北没继续往下说的意思，问她："没了？那他长什么样子？"

卫晟北认真地想了下："我觉得吧，一个鼻子两只眼。"

"说了跟没说一样。"卫晟南仔细想了想，会是谁呢？可能是沈嘉林吧，她没去补习，想必是他来问。

突然外面哄哄乱乱的，把卫晟南吓了一跳。她披了件外套，出门张望，是爷爷的语文补习班下课了。

门口不远处站着几个家长，一辆银灰色的车安静地停靠在路灯下。之前见过的那名美丽的中年女子倚靠在车门上，大概是在等她的孩子下课。她穿着件花灰的貂皮衣，七分袖，露着细细的手腕。卫晟南呆望着她，却突然被卫父喊了进去。

卫晟南转过身，没看到快步跑向美丽女子的男生，男生倒是停下回头看了一眼，只不过看到的是卫晟南的背影。

"看什么呢？回家了。"他的妈妈招呼道。他应了一声，恋恋不舍地钻进了车里。

24

卫晟南病恹恹的状态持续了几天。分数全都出来了，老徐按分数排座位，前二十名都可以自己挑选位子。薛中天进了前二十名，肖婷婷却没有。薛中天安慰她说，他帮着占位子，俩人坐同桌。又问颜科坐哪儿。

"坐原位就很好啊。"颜科说,又问卫晟南,"你坐哪儿啊?"

卫晟南想了想:"可能会往前一点吧,我看不到黑板。"她推了推眼镜。

沈嘉林总分第一,他第一个选。他坐了中间排,中间过道边儿上的位子,刚好是全教室的中心。颜科第二,他果然还坐了原位。

卫晟南总分第六,她看了看颜科前面的位子,又看了看一直梦寐以求的中间段位子,犹豫了好一会儿,最后还是坐到沈嘉林的后面。这个座位距离全教室中心只略偏了一点点,不过也足够了。

教室里充斥着嘈杂声,卫晟南渐渐感到了一丝失落。这失落来自后背,先是无限的空白,空白变成无限的凉意,凉意开始侵蚀着卫晟南抢到好位子的欣喜。

直到有人坐在卫晟南的旁边,她才意识到这失落的缘由。颜科不在了,他不再坐在她的身后了,她的同桌也不再是肖婷婷,而是想要靠沈嘉林近一些的蔡情。她因为分数不够好,没能与沈嘉林坐同桌,只好退而求其次,坐在卫晟南身边。

薛中天和肖婷婷坐在过道的另一边,两人如愿以偿成了同桌。

忽然,卫晟南听到背后有人坐下来,比较大声地收拾着书本。她心中掠过一阵欣喜,扭头一看,果然是颜科坐了过来。卫晟南觉得心脏在这瞬间活了过来,忍不住转过身,对颜科说:"你不是自称朕吗?干吗要跟我们坐在一起?"

看着颜科费解的神情,卫晟南说:"朕就是寡人咯,你独自坐在一边,可不就是孤家寡人一个?"

颜科怔怔地看了卫晟南几秒,突然来了句:"其实你也没那么无趣,大概是跟我在一起久了,近朱者赤吧。"

卫晟南听这话像是夸她，细想想又像是揶揄她，正要发作，撞上颜科发亮的眼神，大脑一片空白。肖婷婷说得没错，颜科的确很帅气，这种帅与沈嘉林的秀气不同，有种让人头晕目眩的沉沦感。

蔡情问颜科："你怎么坐过来了？"

"哎呀，你们都坐在这边，就我一个独自坐后面，没劲。"颜科回道。

卫晟南见他们你来我往地聊了起来，自己又插不上嘴，有点失落，只好继续写作业。

放了学，肖婷婷来找卫晟南一起回家，沈嘉林走到她们身边问："卫晟南，周日你怎么病了？"

"大概是在山上冻的吧，"卫晟南心中一动，"周日晚上你来我家问候过吗？谢谢你。"

沈嘉林迟疑了片刻，大约是碍于肖婷婷在旁边，既没有否认，也没有承认，只问："那你现在好些了吗？"

"头还有些疼，但没大碍了。"卫晟南笑，早该猜到是他，也怪自己想太多，只是梦到颜科而已，他又不会真的来。

"幸亏你好了，不然的话，某人该内疚了。"沈嘉林笑。

"某人，谁？"卫晟南敏感地问。

沈嘉林没说话，眼睛看着前方。肖婷婷在一边起哄："还能有谁，远在天边，近在眼前，沈大公子呗。"

卫晟南明显感觉到自己的脸恨不得要红到脚趾尖了，沈嘉林没有否认，他直接说："如果真的因为去爬山冻病了，那我不仅会内疚，还会心疼呢。"

空气大概凝固了几秒钟，卫晟南神情恍惚地看着沈嘉林美好的面孔，连肖婷婷借口先走了都没有注意到。周围的人来来往往，唯独他们两个是清晰的。

"我……"卫晟南只听得见心脏在剧烈地跳动,不知该说什么好。所以这是被告白了?

"眼睛又躲开了,卫晟南,你怎么老喜欢把自己藏起来呢?"沈嘉林说着,突然抬手轻巧地取走了卫晟南鼻梁上的眼镜。卫晟南只觉视线突然模糊一片,什么都看不清楚,整个世界陡然变得凶险起来。

卫晟南慌乱地伸手去够沈嘉林手里的眼镜,她已经习惯了眼镜的陪伴,这会儿被猛地拿走,如同掉进了深海,四肢无力,只能缓缓下沉。

"把眼镜还给我。"卫晟南瞪着迷茫的眼睛,努力想要看清沈嘉林的脸。

"你的眼睛蛮好看的。"沈嘉林说着,把眼镜还给卫晟南,"为什么要把眼睛藏起来呢?"

重新戴上眼镜,清晰的世界又回来了。卫晟南摁着眼镜腿,看见了沈嘉林的脸,也看到他背后颜科的脸。

"你过来一下,我跟你聊聊。"颜科的手搭在沈嘉林的肩膀上,声音发闷,跟平时的颜科很不一样,眉宇之间全是阴沉。

25

卫晟南看着镜子中的脸,除了皮肤较白,鼻子比一般人略挺拔外,她找不出脸上更多的优点。摘掉眼镜后,她要贴在镜子前才能看清自己的五官。

沈嘉林说,她有一双好看的眼睛。卫晟南重新端详起这双存在感很低的眼睛。自从视力变差戴上眼镜后,卫晟南很少在镜子里看它们变成了什么样子。

这是一双略细长,眼尾微微上挑,不大也不小的眼睛。《不能说的秘密》热播的时候,曾有人说过她的眉眼像桂纶镁。但她觉得,桂纶镁的眉眼并不特别美丽,既没有蔡情的眼睛显得灵动,也没班花范静的眼睛黑大,她觉得自己的眼睛有些太清汤寡水了。

戴隐形眼镜会不会好点?卫晟南心里一动。

但仅仅是想想而已,她这次的总分没进年级前二十,卫母为此唠叨了她好几天。卫母说:"我读高中的时候从来都是年级前五名,但你看看我现在过的是什么日子呀!卫晟南你的分数还不如我呢,这样的日子你还想再经受一遍吗?"言外之意是现在的生活并不如她的意,一番话说得卫父生了气,两人又嚷嚷起来。

卫晟南心里一阵烦躁,站起来往外走。因为是周末的晚上,学校没有人,她绕着操场慢慢地走,看见篮球馆里有灯光,也有人声。她走上高高的阶梯,透过窗子往里看。

校篮球队在训练,她一眼就看到人群中的颜科。

身后几个女生讨论着场上的赛况,欢声笑语地从卫晟南身边走了过去。

她从没这个时间来过篮球馆,即便距离家这么近。如果没记错,这是她第二次见颜科打球。

今天颜科与沈嘉林在远处谈话的样子还历历在目,卫晟南恍惚地看着站在球场中的颜科,无法与记忆中的他对上号。

深冬的阳光明亮刺眼,但没有温度。两个高大的男孩子立在亮光里,身影美好。

沈嘉林比颜科略矮几厘米,但面对气势汹汹的颜科,他显得很淡然,双手抄兜,一脸平静。

他们在争论，剑拔弩张。卫晟南很害怕，万一两人打起来，恐怕她谁也拦不住。

她走近几步，模糊听见蔡情二字，终于一向温和的沈嘉林先离开，与卫晟南擦肩而过的瞬间，他不忘说了声："再见，卫晟南。"

颜科则完全无视卫晟南的存在，径直离开，似乎还瞪了她一眼，不过被她躲了过去。

"你们在因为……"卫晟南试探地问颜科。

颜科突然像爆炸了一样，大声说："不是因为你，为什么你会觉得是因为你，怎么会因为你，无聊！"

说毕，他用力踢飞地面上的一颗石子，却崩疼了脚趾头。他没回头，而是一瘸一拐地走到墙边，倚着墙壁脱了鞋，查看他的脚趾头。

刚脱了一只鞋，袜子褪下半只，卫晟南冷不丁出现，把颜科吓了一跳，失去了平衡，慌忙扶着墙壁站稳。颜科想起自己还露着一只脚，赶紧拿脱掉的鞋遮挡住，责怪说："你走路怎么没声音？是个鬼吗？"

卫晟南无视颜科羞愤的样子问："你们是因为蔡情才争吵的吧？"

颜科没想到她倒不往自己身上想，乐得推脱："是啊，怎么了？"

"沈嘉林有没有说他喜欢蔡情？"卫晟南问。

颜科冻得脚冰凉，慌忙穿上袜子，故作声张地说："没说，怎么了？"说罢仔细瞄着卫晟南的表情，发现她依旧是忧心忡忡的模样，甚至更低落了，心里一阵不爽，"都说女追男，隔层纱，只要你不捣乱，早晚有一天他们俩会在一起的。"

"我为什么要捣乱？被你说得好像我很八婆一样。"卫晟南才发现颜科蹬了半天鞋,也还没穿上,袜子也穿反了。正要提醒他,颜科又吼回来:"看什么看,色魔,有你这样一直盯着人脚看的吗?"

"不稀罕看。"卫晟南别过脸快速离开,留下仔细整理鞋袜的颜科。

他看着反常的自己,觉得莫名其妙。

一阵刺耳的地板和鞋底摩擦的声音响起,运球的颜科险些滑倒,回过神的卫晟南忍不住叫出了声音:"颜科,小心。"

球场里的颜科莫名有种奇怪的感觉,他抬头看了眼天窗,并没有人。裁判吹哨了,他接过朋友递过来的水,看到窗前人影一晃,再定睛看,只有一弯细长的月。

窗口下,卫晟南蹲在地上,捂着几乎要跳出胸膛的心脏,头一次发现自己竟也像那些女生一样,目光追着一个男孩,为他笑,为他急。

颜科,小心啊。她想。

第二章

你好吗，我很好

1

卫晟南收了伞,雪差不多停了。

准备进单元楼的时候,她的手机响了,只看到屏幕上闪烁的人名,她便不由自主地微笑起来。是老友肖婷婷打来的。

"你回来了?!"肖婷婷清亮的声音响起。两人太久没见,絮絮说了许多。卫晟南倚靠在电线杆旁边的围栏上,与肖婷婷聊为什么回来,又是怎么样与单位领导请了假。说话间无意瞥见街上昏暗的一排路灯,这么多年了,光线依旧暗。她有些怕这样的路灯,微弱的光下人的面孔会变得模糊,心也跟着模糊。

一段不堪的回忆闯入脑海中。那时刚入大学,卫晟南头一回离家这么久,百般不习惯。一番心理斗争后,她终于决定独自去颜科所在的城市,千方百计地找到了他。在大学校园里,在昏暗的路灯下,她无论如何也挽留不住颜科,他任凭她毫无形象地涕泪横流。卫晟南的苦苦哀求只换来颜科一句:"给自己留点尊严吧。"

她还想再说些什么,目光瞥到远处灯光下立着的一个女孩。女孩短发齐肩,没有留刘海,脸庞的线条十分流畅,显得比同龄人成熟。

她冷静地望着涕泪齐下的卫晟南，带着怜悯的、解析意味的神情盯着卫晟南，似乎卫晟南不是人类，而是显微镜下培养皿中的微生物。

女孩的神情像一记狠狠的耳光，甩醒了身陷迷途的她。

也正是那令人无尊严的痛，让卫晟南许多年不敢触碰这份尘封的记忆，好的坏的，都一股脑锁了起来。

她拿出钥匙打开了家门，爸妈都在，见卫晟南回来很高兴，毕竟她已经两年没回家过年了。因为一年在国内急诊科实习，一年在国外学习。

卫晟北也已经放假回家了，一家子其乐融融。

都说家人之间的关系像刺猬取暖，分别了以后方知团聚的难，只是要保持着距离，防止再刺到彼此。

卫晟北刚参加完同学聚会，兴致勃勃地跟家里人说着。

同学聚会卫晟南也参加过两次，只是每次颜科都不在。

第一次她尚在大学，刚去过颜科的学校，挽留未果，还未完全从失去他的哀伤中清醒，酒席间的觥筹交错与她无关，同学间的相互寒暄也索然无味。等到最后饭店打烊，她依旧呆坐在位子上。

肖婷婷没来，薛中天没来，沈嘉林没来，蔡情没来。

颜科也没来。

他们像商量好了似的，一起消失了。只剩下卫晟南，一个人固执地在原地守着，独自一人回忆着从前。

你们都去哪里了啊？卫晟南在心中控诉呐喊。她平时不喝酒的，但那天独自一人喝了不少酒。每次她危难之时颜科都会出现，收拾残局，送她回家。但这次没有，她像一只废弃的塑料袋，在饭店的脏桌子上趴到半夜，直到卫晟北打着伞找到她才回家。

卫晟南恍惚地看着卫晟北手里的伞，那把似曾相识的伞，又看看卫晟北的脸。

"姐,回家吧,外面下雪了。"卫晟北扶着卫晟南踉跄着从饭店出来,一阵冷风吹得卫晟南想吐,她扶着墙吐了个底朝天才痛快了。

"你这是何必呢?"

一张纸巾递到她的面前,她接过来擦嘴,却愣住了。熟悉的香味,熟悉的触感。她起身,却头晕目眩,贴着墙缓缓倒了下去。

很多与颜科相处的片段闯入了她的梦里,一切都与雪有关。有段时间总下雪,下了雪,颜科就找各种借口,比如吃得多了,需要走路消消食之类的理由,来找她一起回家。

一个雪天,他们结伴回家,路过上冻的护城河,河面上落了一层厚雪。

他们站在桥上说了会儿话,颜科嚷着下去,去冰上跑一跑。卫晟南站在河岸上对着他喊:"快上来,冰面上危险。"他满不在乎地笑笑,招招手让卫晟南也上去。

"你会游泳吗?"卫晟南问。那时的卫晟南还未学会游泳,更何况颜科在跑动的时候,她似乎听见冰层发出轻微的断裂声。

"不会呀。"颜科大大咧咧地说。

卫晟南害怕掉入冰窟窿的感觉,如果困在冰下,恐怕要被憋死在水里。

"来,我拉住你。"颜科伸出一只手来。

卫晟南往前探着身子,想要去抓颜科的手,但等她鼓起勇气走下河岸的时候,颜科却不见了。他没接住她。

卫晟南痛苦得难以自拔,她在梦中挣扎着,想要醒过来。再醒来时,她已经躺在家里温暖的床上了。

元旦过后是她的生日,卫家没有给孩子过生日的习惯,卫晟南独自一人去了八公山。

在巴士上,她见到两个高中生,他们可能是第一次单独出来玩,故意坐得一前一后。男生座位旁边放着一只特别大的包,女生哎呀了一声:"你不早说去山上,我什么都没带。"

"你可以用我的,你看。"男生打开他的包,里面所有东西都是两份。

卫晟南忽然心中一动,想起从前来。

车驶到一半,颠簸得厉害,卫晟南昏昏欲睡,睡意蒙眬中看到男孩快速坐到已经睡着的女孩身边,轻轻地把肩膀递到她的脑袋旁边。女孩放心地枕着男孩的肩膀,陷入了睡眠。等到车要进站时,男孩又悄悄地回到自己的位子上,一副若无其事的模样。

八公山依旧是从前那副模样未曾变过。栈道略显破旧,前几日下过雪,山腰以上仍未化完,顶着阳光白得耀眼。

她爬到山顶,来到曾经与颜科等人一起拍照的地方,故地重游。景致没变,人却都散了。她对着远山大声喊道:"卫晟南,生日快乐——"

"卫晟南,生日快乐——"远山回答她。

第二次参加同学聚会是在回国后,这次她碰见了许久未见的肖婷婷。她还是那副样子,除了比从前瘦了些,时光没在她身上留下太多的痕迹。同学会结束后,两人从侧门走出,深冬的冷风吹得两人都有些站立不稳。

"去吃点什么?"卫晟南此刻并不想回家。

"老三样儿?"肖婷婷挽住了卫晟南的胳膊,两人相视一笑。烫菜、乳饮料和烧烤是她们从前的最爱。

穿过繁华的步行街,两人轻车熟路地钻进胡同。简易的塑料棚子底下支着锅,咕嘟着热气腾腾的烫菜串儿。"吃遍了天下美食,最爱的还是这一口儿,或者说,这个氛围。"卫晟南说。

"为庆祝……嗯……同学聚会圆满结束!"肖婷婷绞尽脑汁才想出这么个由头。

"我们好几年没见了。"肖婷婷低下头习惯性地掰着手指头,"你发展得那么好,我以为你不会再理睬我了。"

"怎么会!"卫晟南嘴上说着,心里却黯然一下,在肖婷婷看来她竟是这样薄情的人?

不过现在的她再不会什么事都要讨个清楚,那是小孩子才会做的事情。

"你不打算在国外待着吗?"肖婷婷问。

卫晟南摇摇头:"就算我想待,我爸妈也不肯,他们……"她的目光躲闪了一下,"他们这次是让我回来相亲的。"

"相亲?"麻酱汁从肖婷婷的嘴角漏了出来,她用手捂着,贼兮兮地笑了。

卫晟南给她看照片,那个男人就是卫母心中的理想女婿,他们都已经见过两面了。

"你喜欢吗?"

"还好吧。"卫晟南苦笑。她努力回忆了一下,无奈脑海中那人的面孔一片模糊。

卫晟南边喝饮料,边想自己也是相过亲的人了。不是说相亲不好,而是好像从此以后人生再也经不起偶然的相逢。她岔开话题,问肖婷婷:"你最近怎样?"

"我啊,做房地产销售,工作特别忙,公司指哪儿我就得去哪儿,一点儿人身自由都没有。对了,前段时间我碰上颜科了,他要买房子,你说怎么那么巧……"肖婷婷忽然意识到自己说错了话,小心翼翼地望了卫晟南一眼。

一时间,两人竟无法再把这个话题进行下去。卫晟南看着她欲言又止的样子,做了一个回绝的手势:"今晚我们不谈论他。"

"就是,不谈论他,那么久远的一个人了。"肖婷婷嗫嚅道。

虽然两人都谈着近况,但卫晟南的心里却非常难过。他买房子做什么?会不会已经订了婚,准备买房结婚?

卫晟南越想越折磨,无心再吃饭,她借口有事要回家,匆匆与肖婷婷离开了这些熟悉的场景。走到僻静处,忽然传来一两声吉他和弦,再熟悉不过的旋律一下就击中了卫晟南的心脏。她愣住了,肖婷婷也愣了,两人静静地站在街上,听着从不远处酒吧里传来的一首歌。

> 借我一个暮年,
> 借我碎片,
> 借我瞻前与顾后,
> 借我执拗如少年。
> 借我后天长成的先天,
> 借我变如不曾改变。
> 借我素淡的世故和明白的愚,
> 借我可预知的脸。
> 借我悲怆的磊落,
> 借我温软的鲁莽和玩笑的庄严。
> 借我最初与最终的不敢,借我不言而喻的不见。

借我一场秋啊,可你说这已是冬天。

卫晟南顺着声音进了那家小酒吧,里面只有寥寥几人,一个年轻女子在吧台轻声吟唱。

卫晟南直接走过去拿开她的话筒,着急地问:"谁点的这首歌?"

女子迷茫地看着卫晟南:"没人点啊。"

"那你怎么会唱?"卫晟南追问。

女子呆呆地看了会儿卫晟南,又看了看肖婷婷,忽然站了起来问:"你是卫晟南学姐的朋友吗?"她特别激动,还碰洒了吧台上的酒水。

卫晟南说:"不认识,怎么了?"

"这首歌是我从前在越城一中读书时,在校庆晚会上听到的。那时候大家都到处要这首歌的谱子,我一直在找,好不容易……"

卫晟南失神地站着,她抱歉地对那女子笑笑,虚弱地往酒吧外走去。她急需新鲜的空气,没听完那女子的最后几句话。

"好不容易让我找到了,是大学时一位学长给我的。他说,这首曲子是他最心爱的人谱的……"

街上冷冷清清的,两人相对无言。

"你还是忘不了他吗?"肖婷婷轻轻地问。

卫晟南看着肖婷婷,不知该怎么回答。

颜科始终生活在她的空气里,她能在水里看到他的面孔,能在天空中瞥见他的微笑,能在寒冷的时候感受到他的拥抱,能在黑暗里嗅到他身上残留的洗涤剂的味道,能在雪地里找到他深深的脚印,能在灰蒙蒙的人群中瞬间找到他的背影,能在一堆装订了姓名和班级的试卷中准确无误地认出他的字迹，能在任何时候都能记起他爱吃的食物和爱喝的饮料，能在365天中记住所有与他有关的纪念日……

卫晟南紧紧闭着眼睛，泪水无处可逃，只好顺着眼角流下。她放心地把头埋在肖婷婷的肩膀上痛哭，压抑许久的身心这会儿终于得到了释放。

只有在肖婷婷面前她才能哭得痛快，因为只有这个女孩明白她的心思，只有这个女孩是自己那段时光的见证人。

2

春天伊始，万物复苏，越城开始开发和建设，到处都有挖掘机在挖来挖去。

一年后，越城一中重新开始上晚自习了。所有的补课班自动解散，除了卫晟南爷爷的。因为那帮家长堵住门，强烈要求爷爷继续将班办下去，为首的仍然是那名风韵犹存的中年女子。

周日，卫晟南正在写作业，窗户被人敲了一下，还挺响。外面喂了一声，她拉开窗帘，发现薛中天和颜科在外面站着。卫晟南警觉地回头看看，卫母和卫晟北正在客厅里讨论电视节目。

"你们怎么来了？"卫晟南看到颜科后心情大好，但担心卫母听到，压低声音问。

"我来卫老师的语文班补课。"薛中天笑着说，"颜科拉我进来的。"

"你在这儿补习有段时间了？"卫晟南诧异地问颜科，"你不是说不补吗？"

"我妈让我来的，尤其是上次你帮我考了那么高的分数，她以为是补习班的作用。"颜科说。

"而且他妈还鼓动我妈给我报了名,说卫老师带了几天我们家颜科,他的成绩就像模像样的了,一定要让你们家中天也去哦。"薛中天学着女声,颜科用肩膀把他撞开。

"去去去,一边儿去,我跟卫晟南说几句话。"

等薛中天怪笑着走后,颜科走近了一点说:"哎,你语文那么好,要不然下次考试,我们还坐一个考场,你语文给我借鉴,我数学给你借鉴。"

强烈的负疚感让卫晟南顾虑重重:"这次借鉴了,那下次呢?高考呢?"

"下次借鉴,以后好好学,你帮我,我帮你,高考共同进步,成吧?"颜科听到薛中天喊他上课了,隔着窗栏杆匆匆拍了拍她的胳膊,快速跑了。

卫晟南抚了下颜科刚刚接触过的胳膊,愉悦地关上了窗户。卫母拿着洗晾好的衣服进来,码在卫晟南床头问:"刚才你在跟谁说话呢?"

"没有啊。"卫晟南做若无其事状,她看见床上那几件肉色还带着俗气蕾丝的宽边内衣,觉得丑极了,"不能给我买几件好看的吗?"

卫母边折叠衣服边说:"内衣穿那么好看干什么?又不用给别人看。"

"检查身体的时候医生和同学会看到,这种样式只有大妈才会穿。"卫晟南拎起一件抱怨。

夏日衣衫薄。颜科在她身后坐着,她越来越在意这些,怕他看到会笑她土。

次日体育测试,卫晟南做完了立定跳远,便拿了本书坐在树下的台阶上看肖婷婷测试。薛中天帮肖婷婷拿着衣服和水,卫晟南觉得他们俩若一直这样下去,倒是挺幸福的。

另一边已经测试完的颜科和江海那帮人在打篮球,范静等几个女生在旁边呐喊助威。卫晟南也想去,可她不敢。范静那样的女孩去,不会让人有什么想法,但卫晟南去,目标就太明显了。

她看出了神,书滑落了,扉页上写着沈嘉林的名字。她正欲捡,一只手先于她捡了起来。

"《世界尽头与冷酷仙境》。"蔡情缓慢地念着书名。

"还给我。"卫晟南一开始在气势上就已经输了。

蔡情把书往后一藏,笑嘻嘻地往后退,卫晟南自然跟了过去。跟到喷泉池边,心中暗想可千万别掉下去。她扑过去抢书的时候,蔡情躲开了,她慌忙扶住了水池边,却仍脚下一滑,跌进了水池。

卫晟南忍不住发出一声惊叫,却没能出声,嘴里灌了一口水。

水并不深,卫晟南很快就爬了出来,周围挤满了看热闹的人。

"你的胸衣真好看。"蔡情斜着嘴角笑着说。

卫晟南低下头,恨不得再缩回水池里去。衬衫湿了水几乎透明了,里面的内衣被人看得一清二楚。

沈嘉林拨开人群走了过来,他一把将卫晟南护在身后,厉声说:"蔡情,你太过分了!"

肖婷婷闻声赶了过来,搂住了冻得瑟瑟发抖的卫晟南,卫晟南把脸埋在她的肩膀上。

有人把衣服搭在了她的肩上,宽大的外套裹住了卫晟南冰凉的身体。

"我不会原谅你的。"沈嘉林说。

蔡情头一次见沈嘉林这么生气,她大声问:"为了她?"

沈嘉林气极反而笑了,他走近蔡情,说:"没错,就是为了她。起码,她不会用这么下作的手法欺负别人。"

沈嘉林和肖婷婷架着双腿冻得打战的卫晟南推开人群往外走,迎面碰上了颜科。

颜科看看沈嘉林,又看看脸色惨白的卫晟南,以及不远处崩溃大哭的蔡情,一言未发,转身离去。

他们把卫晟南送回家,卫晟南头回庆幸自己家距离学校这么近,进了屋沈嘉林便礼貌地离开了。

卫晟南冲了个热水澡,平息了下激动的心绪。肖婷婷帮她擦着头发,她们彼此都没有言语。

体育课下课铃响了,肖婷婷说薛中天还在校门口等着,要先走。

卫晟南喊住她:"衣服,衣服是薛中天的吗?"

肖婷婷仔细看了看卫晟南穿回来的衣服:"不是,没见过,应该是沈嘉林的吧。"

"那你先走吧,我一会儿过去。"卫晟南说。

她匆忙穿上干衣服,带着沈嘉林那件衣服返回教室。教室里气氛怪怪的,卫晟南低头回了自己的位子。

蔡情还没回来,卫晟南赶紧把衣服递给沈嘉林:"你的衣服,谢谢你。"

沈嘉林拿着衣服,还没说话,颜科迈着大阔步进来了。

"谢谢你帮我带回来。"颜科把衣服拽走了。

没容卫晟南说话,他就戴上了耳机,重重地立起一本书,隔开了卫晟南的目光。

"谢谢你,颜科。"卫晟南转过身,真诚地说着。

颜科没有回答。卫晟南有许多话想跟颜科说,但话到嘴边又都溜走了。她总是这样,心里有十分,讲出来却只有一分。

书这边的颜科,双唇轻轻一动,无声地回答道:"不用谢,卫晟南。"

蔡情回座位的时候双眼通红,眼皮都是肿的。她怨恨地看了卫晟南一眼,而卫晟南也不甘示弱,从抽屉里拿出几本厚书,堵在两人之间。

课上到一半,一张小纸条推到正在做笔记的卫晟南面前。

"对不起。"

蔡情用红色的笔写了三个字,右下角画了一个哭泣的脸。

卫晟南没有回复她的纸条。

月考又开始了。

这是卫晟南第一次作弊,第一场语文考试,直到快交卷了她才把选择题答案扔给颜科。

考试一场接一场,十分密集。考物理时颜科和卫晟南又分到一起,两人中间只隔着一个过道。

前几个科目卫晟南都没理会颜科的纸条,任凭他扔得满天飞,卫晟南熟视无睹。但最后一科物理是卫晟南的弱项,她脑海里有两个卫晟南在争论,一个道德卫士,一个小恶魔。

拉锯战打了半天,颜科扔来了答案,刚好落在过道中间。卫晟南瞄了一眼纸团,又瞄了一眼监考老师,老师正望着窗外,脑海中的小恶魔占了上风,她斜着身子去捡答案,但老师却突然转回了身。

卫晟南慌忙坐直身体。

老师再次背过身去,卫晟南正想去捡,蔡情穿过过道去交卷,她弯腰快速把纸团捡起来,往卫晟南桌面上一放,扬长而去。

卫晟南看着蔡情远去的背影不敢相信,匆匆对了答案也交卷了。出门见大家都在楼梯口站着,薛中天见卫晟南出来了,问:"颜科呢?还磨蹭着呢?"

说话间颜科也出来了,薛中天开始喊道:"大家注意,再过两天就是我17岁的生日了,我请大家吃饭唱歌,怎么样?"

大家确定了时间,卫晟南正要走,被蔡情拍住了肩膀。卫晟南心中打鼓,却装出一副高傲的样子。

"刚刚我帮了你,我们算是扯平了。"蔡情说,"上次你跌进水池的事儿,是我不对。"

卫晟南没言语,她没能那么快原谅蔡情。

"你有喜欢的人吗?"蔡情问卫晟南。

卫晟南依旧没说话。

"薛中天过生日,你能帮我把沈嘉林喊来吗?"

卫晟南说:"薛中天与沈嘉林不熟,他不一定会来。"

"只要你开口,他肯定会来。"

"你到底喜欢沈嘉林什么呢?"卫晟南好奇。

瞬间,蔡情有了小女生的情态,眉眼间漾起一抹粉红。"因为他是沈嘉林啊,喜欢他是沈嘉林。"蔡情真挚地说,"我从前很不好,现在我想改变了,拜托你告诉他,别总用老眼光看我。"

卫晟南点了点头,离开了,背过身去满脑子全是那女孩恳求的眸子。卫晟南知道以前的蔡情有多么张扬跋扈,也知道此刻的蔡情有多么委曲求全,这一切都是因为她喜欢上了一个人。

喜欢上一个人,从此就有了软肋,从此就开始瞻前顾后,从此就变得柔软了起来。

3

春夏之交的气候最宜人,薛中天在这时节过生日显得格外富有诗意。除卫晟南几人,他还叫了江海等几个打球的男生。下午他们带了吃的,骑车去公园野炊,傍晚时分去 KTV 唱歌。

蛋糕是颜科订的,他让大家先去,他与卫晟南去取蛋糕。

两人一路无话。卫晟南发现,自从他们感情近了以后,话反而少了。

"就要分文理科了,你选什么?"卫晟南问。

颜科反问:"你呢,你选什么?"

卫晟南说:"家里让我选理科,说理科好就业,但……"

"但你文科好,所以想报文科。"颜科替她把话说完了。

"卫晟南,你有没发现,咱们聊得最多的就是学习了。"颜科说。

"不聊学习聊什么?"

"聊聊你啊,你每天都在干吗,喜欢吃什么,看什么剧之类的,不然我会以为是老徐找我谈话呢。"颜科压低声音学老徐,"颜科,你要报文科还是理科?哈哈哈。"

卫晟南忍不住乐:"我很少看电视剧,我妈管我很紧,她说电视剧看起来会上瘾,每天想着剧情就没有精力学习了。你呢?"

"《越狱》跟《迷失》啊,又能练英文又能看剧。不过《迷失》要完结了,越往后坑越大,我怀疑编剧都忘了前面是怎么编的了,实在太多集了。"颜科惆怅地说。

这两部剧卫晟南都没有看过,她有点失落。听颜科介绍这两部剧时,她觉得此刻的颜科很陌生。越了解,越慌乱,唯恐太了解,一不小心就会陷进去。

"卫晟南，跟随自己的心，报文科吧！"临进包间前，颜科突然说，"我支持你。"

"那你呢？"卫晟南问。

"我啊，我也跟随自己的心。"颜科的神情忽然变了，一定是她的错觉，否则怎么会觉得他的眼神柔和得犹如一团云。

拿着蛋糕，两人进了KTV包间，薛中天和肖婷婷在合唱《今天你要嫁给我》。

蔡情催促颜科帮她点一首《小酒窝》。熟悉的旋律一响，蔡情把另一只麦克风递给沈嘉林，这首歌是合唱，她的用意再明显不过了。

灯光闪烁，扫到蔡情脸上，她的表情非常难看。

因为沈嘉林目视前方，并没有接。

颜科不忍，拿过话筒陪蔡情唱，但她只唱了两句，就借口去卫生间了。

旋律尴尬地响着，肖婷婷拿起蔡情放下的话筒，塞到卫晟南手里："这歌你不是经常哼吗？快。"她被薛中天推到舞池中央，与颜科并肩站在一起。

颜科唱歌一般，不过还好每句都在调上，但卫晟南一张口，全场寂静。

卫晟南学过两年钢琴，加之她的声线清澈，懂得胸腔共鸣和运用气息，与专业的差不多。

薛中天的主场，卫晟南又唱了一首就没再唱了，她坐在一边喝茶，听大家唱。男生中唱歌最好的是沈嘉林，这样一来大家就起哄要沈嘉林和卫晟南合唱，曲子选的是《你是我心内的一首歌》。

从被沈嘉林拒绝合唱后，蔡情就一直闷不吭声地坐着。卫晟南不想让自己显得没心没肺，就快速把歌切了过去。

颜科见蔡情一个人闷不吭声地坐在那里,便走过去默默地陪着她。

卫晟南也坐了过去,拿起一杯冰茶喝了一口。这是她今晚喝的第四杯茶了,嘴里一股苦味。

三个人并列坐在一起,看着闪烁的大屏幕和嬉笑怒骂的人群,各自想着不同的心事。

与己无关的歌声最容易让人感伤。蔡情首先哭了,她双颊嫣红,泪眼婆娑地依偎在卫晟南肩膀上。

卫晟南的心情也不好,她不知道这忧愁从何而来,看见蔡情哭了,她也跟着动情。

"我喜欢他。"蔡情说。

"我知道。"卫晟南回答。

"你不知道,你不知道我有多喜欢他。"蔡情指着心脏的位置,"这儿疼,看到他,就不疼了。"

卫晟南如同被人点醒一般,愣在那里。

"一定是我不够好,他那么优秀。"蔡情抹着眼泪。

卫晟南安慰她:"你怎么会不好,你不知道我有多羡慕你。"她说的是实话,从刚开学进班时她就注意到蔡情的存在了。

"我才羡慕你呢,卫晟南,你不知道吗?沈嘉林是为了你才转学过来的!"蔡情忽然爆发了,她后半句喊得很大声,所有人都听得非常清楚。

沈嘉林走了过来,站到蔡情面前冷冷地说:"不要闹了。"

"你说,你是不是喜欢她?"蔡情摇晃着站起来,旁边的颜科要扶,被她拼命甩开。

卫晟南看了一眼沈嘉林,她第一次碰见这场合,不知道该怎办。如果蔡情说的是真的，她真不知道以后要怎么面对沈嘉林了。

"你在实验中学待得好好的，谁都知道那比一中好，好不容易考上了，为什么要转来一中？而且你们……"蔡情泣不成声，"你们已经在天台上拉过手了，对不对？"

这下卫晟南也急了，还没来得及上前解释两句，颜科就如同离弦的箭一样冲了过去，一把攥住了沈嘉林的衣领，两人撞翻了桌子，饮料瓶和没吃完的蛋糕也掉到了地上。

众人上去把他们拖开，颜科挣脱开拉扯，又冲了上去。立在沈嘉林旁的卫晟南出于本能，挡在了沈嘉林的前面，她不敢看颜科愤怒的脸，紧闭着眼等着那拳打来。

但他没打来。卫晟南慢慢睁开眼，看到颜科的目光如水一样哀伤地流淌。他咄咄逼人地说："沈嘉林，你躲在女生后面，可真有出息。"

沈嘉林把卫晟南拉到身后，直视着颜科："我可以解释。"

卫晟南出于本能，立刻大声说："别解释！"一解释恐怕要招出篮球鞋的事儿了，越跟颜科相处，她就越不想让颜科知道。但这句话明显引起了众人更大的误会，她顿时想打自己一顿，也终于明白跳进黄河都洗不清是什么感受了。

"好，很好。"颜科的笑容很勉强，"卫晟南，你说得对，不用解释了，这再明显不过了。"接着，他的矛头重新指向沈嘉林，"有本事，我们单挑。"

"可以。"沈嘉林抹了下嘴角的血污，"时间？"

"下月一号。"

"地点？"

"老地方。"

说毕，颜科拖着伤心的蔡情走了。卫晟南的眼睛直盯着他们俩，想追上去，却又不敢，最终晃了晃，坐回沙发上。旁边是整理身上灰尘的沈嘉林。

薛中天等人把屋里大致清扫了下，不相干的人陆续走了，剩下薛中天和肖婷婷，四人并列坐在沙发上，眼睛盯着屏幕上跳跃的林俊杰。

"对不起，中天，把你的局搅了。"卫晟南把脸埋进手里，疲倦地说。

"哎，你道什么歉呢？"薛中天忙说，"又不怪你。"

"应该我道歉，怪我。"沈嘉林说。

"不不不，谁知道事情会发展到这一步呢，颜科也是……"薛中天声音越来越小，颜科是他最好的朋友，他也不忍责怪。

"老地方是在哪儿？"薛中天问沈嘉林。

沈嘉林没回答。

薛中天忽然问："你以前是不是跟颜科认识？"

沈嘉林抬头看看薛中天，没接他话，转而看向肖婷婷："是你告诉蔡情的吗？"

肖婷婷窘迫极了，她偷看了眼卫晟南："是我，但我发誓我不是故意的。那天蔡情问我，卫晟南跟沈嘉林是不是很早就认识，我……"

"你都告诉蔡情什么了？"卫晟南问。

"我告诉她在沈嘉林转来之前，你们俩就认识了。"肖婷婷说。

"我告诉她，我喜欢的人是你。"沈嘉林面色平静地说。

卫晟南惊愕地看着沈嘉林，昏暗暧昧的灯光下，他深邃的双眼如同璀璨的星空一般。

薛中天和肖婷婷知趣地离开了，还帮他们带上了门。肖婷婷从门缝里说："我在外面等你。"

　　卫晟南感激地点了点头。

　　"那……"卫晟南发现，面对他自己很难敞开心扉去谈这些话题。有的时候，沈嘉林周身好像带着透明的盾牌，当他想时，就能屏蔽来自四面八方的讯息，"那你转学……真的是为了我？"

　　沈嘉林善解人意地一笑："随你怎么理解都好，你若是觉得有负担，那你就理解成这是我为了摆脱蔡情的借口，反正也不是第一次用你挡箭了，毕竟我们有协议，我帮你隐瞒，你也帮我隐瞒。若是你觉得快乐，那就理解为我喜欢你。"

　　卫晟南愣住了，她没想到"喜欢"二字可以这么轻松淡然地就说出口，沈嘉林的双唇上下一碰，好似在讲别人的事情。

　　"卫晟南啊，"沈嘉林幽幽地说，"我们是同一类人，不是吗？很难表达内心所想，脑袋里有十分，能说出一分就很好了。"说完，他站起来走了。

　　第二天一早，蔡情看到卫晟南时眼睛中几乎冒出了火。

　　卫晟南心一横，说："你们都误会了，我跟沈嘉林什么也没有。偷藏颜科鞋的人是我，碰巧被沈嘉林撞见了，他替我保守着秘密，并不是我们之间有什么。"

　　蔡情脸色变了，她的目光越过卫晟南的肩膀，卫晟南也回了头，发现颜科恰好朝这边走来。

　　"我知道啊，"颜科淡淡地说，"我早就猜到鞋是被你拿走了。"

　　卫晟南问："你不怪我吗？"

　　"当然不会啊，"颜科轻描淡写地说，"现在，我们是……朋友啊。"

他的话犹如一声春雷,劈开了卫晟南混沌的内心,她突然意识到是自己小心眼了。

一直以来,卫晟南很擅长把自己从麻烦中择出去,这是她的本能反应。就像沈嘉林说的,她活在自己营造的安全屋里,在这里她永远不会犯错。她也从没想过要迈出安全屋一步,因为她觉得外面的世界是未知的,是险恶的。

但现在,有人能够包容她,即便她犯了错,也不用继续孤独地坐在那里自我反思了。

沈嘉林坐在座位上无声地笑了笑,继续望着前方。

卫晟南看了看旁边的沈嘉林和颜科,以及周围的薛中天、肖婷婷、蔡情,这些日子以来,她慢慢熟悉了被他们包围,与他们一起读书学习的感觉。

她觉得,之前被自己强行压制的情感已经决堤,汩汩地往全身输送着,循环着。她畏惧着,却又暗暗期待着。

4

卫晟南回来了,卫母又开始忙前忙后地张罗相亲的事情。

过年前后是相亲的最佳时期,全国各地的适龄男女无论出于主动还是被动,都会出门约饭或约电影,若不合适再赶下一场。

卫母很久以前便唠叨想组场饭局,让卫晟南见见她的相亲对象伟一。伟一他妈是卫母之前的同事,几次说要把儿子介绍给卫晟南认识,幸好卫晟南极少回越城,才得以推掉。这次回来,伟一他妈从卫母处听到消息,双方父母便决定要一起吃个饭。

真是避免不了的一场饭局。

他们约在越城最大的商圈,吃的是粤菜。粤菜是最不容易出错的菜系,卫母办事向来妥当。

卫晟南觉得无聊极了,她与伟一坐在一起,听着双方家长们规划着他们俩的未来。

"房子在开发区买,我都问好了,A区比B区固定住户多,孩子也多,将来晟南和伟一的孩子也不会寂寞,有玩伴……"

"我听说B区配套的幼儿园设备好……"

"老刘家买的是哪个区来着?我听他们家阿姨说……"

卫晟南边听着,边职业化地微笑着。听着他们的谈话,她仿佛已经望尽了自己的一生。

"有机会我们在家里吃,尝尝晟南的手艺。"伟一的爸爸笑着说。

卫母正要答应,卫晟南礼貌地回:"抱歉啊,我不会做饭。"

"女孩子怎么能不会做饭?没听过要拴住一个男人,先拴住他的胃吗?你不做饭,我们伟一将来吃什么啊?!"叔叔有些不满。

卫晟南心中一阵烦乱,突然对这一切烦到极点。知女莫若母,卫母知道卫晟南情绪不好,于是打圆场说:"我们家晟南从小成绩特别好,要不然也不会留在S医院,这么年轻就是管理层。她从读书的时候我就没让她干过家务,所以不会做饭。不过将来跟伟一结了婚,那是肯定要学的,肯定要学的。"

卫母一边说着,一边在桌子底下偷偷掐了卫晟南一把。

吃完饭,卫母主动邀请大家去家里喝茶聊天。卫晟南清楚,是因为又新装修了房子的缘故。若是在从前的越城一中家属院,卫母断不会请他们去的。

出门的时候,长辈们走在前面,故意给两人制造独处空间。伟一乘电梯去地下车库取车,卫晟南只得跟着一起。到了一层电梯开了,两边人皆是一愣。

是颜科。

颜科上了电梯，望着卫晟南和伟一，脸色阴沉得几乎往下滴水。

"好巧啊，没想到能在这里碰见。"颜科牵着嘴角笑了笑。

"你们认识？"伟一问卫晟南。

卫晟南心里一阵慌乱。真奇怪，无论什么时候，什么地点见到颜科，她都会立刻被打回原形，变成那个青涩的卫晟南，局促不安，面红耳赤。

"以前的……"卫晟南把散落的头发挂回耳后，搜索着措辞。

"男朋友。"颜科冲伟一伸出了手，重复了一遍，"前男友，"说毕又看着卫晟南大方求证，"我没说错吧？"

卫晟南和伟一都没料到颜科这么坦荡，坦荡到让人在这气氛里想笑。

明明地下车库在B3，卫晟南却觉得电梯正滑向十八层地狱。

"你别站在侧面，一会儿人上来会挤到你……"颜科把卫晟南往中间推推，自己站到伟一旁边，"啊，你不知道吗？晟南就是这样，晕乎乎的，哈哈。"

伟一的脸色开始不好看起来。

电梯门终于开了，颜科指着标识说："往后面走是出口，喏，那是往右拐的标识……"不忘回头告诉伟一，"啊，你不知道的，晟南七百多度的近视。路上小心啊，再见。"

说完，他就大步流星地走了，留下尴尬得无法再继续独处的二人。

回家后，卫母拿出影集，指着卫晟南高中时在校庆获奖的照片给大家看。照片上的她一手拿着奖杯，一手举着奖状，笑得十分灿烂，眼睛里闪烁着年轻人充满热情的光泽。

伟一快速把照片翻了过去，他似乎对从前的卫晟南不感兴趣。

卫晟南把影集翻回去，指着照片上清瘦、戴着眼镜的卫晟南说："这是我以前的样子。"

"我还是喜欢现在的你。"伟一笑着说。

他的话没问题，现在的卫晟南在外形上的确比从前漂亮了很多，可是她心里依旧咯噔一声，好像与伟一之间的隔阂又深了一层，没人注意卫晟南的神情变了。喝完茶伟一似乎还想与卫晟南独处一会儿，但她借口不舒服，拿着影集回了自己的卧室。

她听着卫母在外面送客，直到门关上，屋里安静下来，才长长舒了一口气。

卫母走到卫晟南的卧室门口，问："你这是干什么？"

"没什么，有点烦而已。"卫晟南也没绕弯子。

"人家是客人，况且又是即将与你一起生活的人，你这样……"

"谁说我要跟他一起生活了？"卫晟南抬起了头，看着错愕的卫母。

"卫晟南，"卫母直呼大名，"你这孩子怎么回事，怎么大了反而有了脾气，是青春期没过完吗？你都28了，别人28都已经是两个孩子的妈了！你呢，连个男朋友也没谈过。给你介绍一个，这都基本定了又来这一套，你以为你还是18吗？卫晟南，再过几年你连孩子都生不出来了！"

"生不出来就不生。"卫晟南说。

"你存心要气我是吗？"

"妈，我不喜欢他。"卫晟南捏紧了手里的相册，别过脸去不看盛怒的卫母。

"喜欢，又是喜欢，你到底喜欢什么样的？你现在反悔，叫我面子上怎么磨得开，"卫母提高了声调，"你到底怎么回事？你是不是……"

她的话戛然而止，然而看到卫晟南的样子还是忍不住问了："你是不是还喜欢着以前的那个颜科呢？"

终于还是触碰了这个雷区。

卫晟南没回答，卫母权当她默认了。她又气又怨又自责，末了无力地说："你别怨我，我也是为你好，要不是我，你没有今天的成绩。"

卫晟南诧异于卫母的妥协，从前她们一遇到这个话题，就像两头杀红了眼的狼一样。

一滴泪水落在相册上，落在18岁的卫晟南的脸边。那时候的她无忧无虑地面对着镜头，向全世界炫耀她得来的荣耀。

身旁的手机响了，陌生号码在屏幕上闪动，卫晟南摁了接听键，那边传来一个非常温柔的女孩的声音。

"是卫晟南吗？"

5

卫晟南不知道自己怎会答应与她见面。几年前在颜科的学校里，她曾在昏暗的路灯下瞥见过这名女子，那时卫晟南败得很惨，而她是胜利者。

失败者总想窥探一下胜者，看看自己败在什么样的人手下。

想必是要与颜科谈婚论嫁了吧，否则怎么会跟来越城。

卫晟南与她约在一家茶馆见面，进去时一眼就看到了她。虽然之前并不熟知她的外貌，可那气质是变不了的。

她站起来递了张名片给卫晟南。

特种纸，摸起来有凸起和凹痕。上面写着她的大名：李玥。

坐下后,她问卫晟南喝什么,卫晟南要了一杯白水,一点儿盐。

李玥面色平静地看着卫晟南拆开盐包,倒进水里,嘴角露出一缕不易察觉的笑。

"口渴了喝加盐的水更解渴,是吗?"李玥微笑着问。

卫晟南点了点头。

"原来是这样……"李玥目光闪烁不定,"原来根源在这儿。"她嘲弄一笑,"自认识他起,他就这么喝水,白水加盐。"

卫晟南心中忽明忽暗。

李玥边说话,边从包里掏出一封信来,推到卫晟南面前:"这次我们一起回越城,是因为这封信。"她特意强调了"我们"二字。

信封上的字迹与她收到的信是一样的。卫晟南打开信封,里面是空白的红色请柬和一张纸条,这张纸条上写着一首英文小诗。

I always miss you,

So I miss you,

So I miss you,

So I miss you so much now.

"这是你寄的吧?要结婚了,首先得祝福你。"李玥摆出一副宽宏大量的形象,"但你既然要结婚了,就不要再给颜科寄这种暧昧的纸条了好吗?"

卫晟南捏着纸条的手指在微颤,她默默听着李玥的话,因为这确实是她的笔迹,正是她所写。

"你跟颜科真的很相爱吗?如果是真的,那大学的时候,你去找他,他为何没有与你在一起呢?感情尚好的时候都无法在一起,现在这么多年过去了,物是人非,怎么可能会因为一张纸条再回头?真搞不懂你们这些人,那么爱当初怎么不在一起,非要等双方都有了新的生活新的人后再来破坏?"李玥有些义愤填膺。

"你怎么知道我有了新的人?"卫晟南捉住了她的最后一句话。

李玥愣了一下,看得出她在组织语言,她说:"听颜科说的。"

难道是在电梯里撞见后?卫晟南想。

李玥扬了扬请柬:"这不是你寄的结婚请柬吗?"

卫晟南摇了摇头,她从包里掏出一模一样的请柬来:"我也收到了一样的。"见李玥伸手拿,她重新放回了包中。

"那是谁?!"李玥的声音开始有些气急败坏了。

卫晟南问:"颜科有没有说是谁?"

李玥摇摇头:"他说是从虫洞里寄来的。"

"虫洞?"卫晟南哑然失笑,回答果然很颜科。

"虫洞啊,那便是从过去寄过来的。"卫晟南笑着说。

"我说,你,你们不要幼稚了好吗?"李玥愤怒地站了起来,把请柬和纸条大力撕了几下,扔进了垃圾桶,"不要再来打搅我们的生活了。"

没喝完的茶,连同茶碗一起倾倒。

说毕,李玥阔步离开了,掀起的风带着淡淡的香味。卫晟南独自坐了片刻,才逐渐缓过神来。她不擅长面对感情丰沛的人,如果她们角色对调,她是不会在公共场合与人交恶的,不是不敢,而是不会。

她弯下腰,伸手翻垃圾桶,一旁的服务员赶来帮忙。纸条和请柬都湿了,黏着茶叶和烟灰。

好心的服务员送了她一只纸袋装着,卫晟南连连道谢,恍惚地从茶馆出来,又去隔壁文具店买了胶条和硬板纸,步行回家。

这边茶馆门叮咚一响,伴随着"欢迎光临"的声音,一名男子进屋焦急地在店里的垃圾桶里翻找,几名顾客奇怪地打量着这名衣着光鲜,却满手脏污的男子。

没找到东西的他冷静了下来,他向服务员询问刚刚前来喝茶的两名女子所坐的位子,经指示后,他又来到卫晟南先前坐的位子,但垃圾桶里确实没有他要找的东西。

"可能她拿走了吧。"身后的女子懒散地说着,捋了捋耳旁的头发。

"你怎么能不经过我允许就拿走我的东西?"男子生气了,看得出他想极力按捺住愤怒。

女子很受伤似的喊了一声他的名字:"颜科!"

"你回S市吧。"颜科疲倦地说着,跌坐进卡座,"你越这样,我越反感你,倒不如彼此留点愉快的回忆。"

"是因为她吗?"女子落泪了。

"对不起,"颜科看着女子,"我的心意,还是跟大学时一样,那时候你也这么问我。"

"忘不了她是吗?"女子苦笑,"颜科,我等着你的心愈合,等了那么多年,今天这算是给了我一个答案吗?"

颜科看着她,回答道:"答案一直都有,我做不了除了卫晟南以外的第二选择,只是你一直不愿相信而已。"

女子轻轻地说:"颜科,我也做不了除了你以外的第二选择啊。"

颜科从茶馆走出来,并未觉得轻松。他记起读大学时,卫晟南来找他那天发生的事情。

当时他与李玥看完一场电影,正往寝室走。小妞电影,很乏味,他胳膊上挂着还在讲电影角色的李玥，身边走过的是像他们一样的情侣。从他们的表情中能看出相处的时间——甜蜜的刚刚开始，平淡的起码开始了半年，而麻木的如他们两人，已经在一起挺长一段时间了。

男女生寝室分岔路口的灯下站着卫晟南，颜科远远地就看见了，但他不敢认。卫晟南先看见的他，目光落在他身边的李玥身上，脚步并未向前。

灯下的她皮肤晶莹剔透，能看到睫毛映在脸上的影子。

他让李玥先回寝室拿东西，李玥不听，她站的距离既能听到卫晟南与他的交谈，又不会太招人烦。

颜科本以为见了卫晟南会心如止水，毕竟他已经与李玥开始一段时间了。朝夕相处，他对他们的感情十分有信心。可当他与卫晟南对视的那一瞬间，他发现时间倒流，他依然是从前那个青涩的少年。

卫晟南没问李玥的事，只是哭，只是流泪，拉住他的胳膊，好像个孩子恳求安慰一样，诉说着对他的想念，求他能不能重新开始。直到她抬头看到了李玥脸上轻蔑的表情，才怯怯地收回了手。

靠哀求和眼泪永远得不来想要的。

当晚，颜科失了魂似的无法入睡。在李玥的坚持下，他没有送卫晟南回去，也不知道最后她是怎么回去的。他梦游似的站在女生寝室门口，看着一对又一对情侣恋恋不舍地分别。他记得高中的时候，他与卫晟南就是这样的，似乎看见对方，就是这世界上最快乐的事情。是什么时候他们丢失了这简单的快乐呢？

他记得那时候卫晟南过生日，因为课业紧张，还为了避嫌，他们只能从教室出来，匆匆在别的楼的走廊上见一面。冬天很冷，他看到卫晟南从楼梯口出现的时候，脸颊和鼻头冻得红红的。卫晟南看到他后眼睛闪闪发亮，一笑还露出稍显大的两个门牙，像极了无害的兔子。两人交换了卡片和礼物，又回去。卫晟南站着不动，他一步步倒退着跑回教室，乐呵呵地挥舞着手。他觉得那时候的卫晟南很美，侧影打到他的心里，留下的烙印怎么也不会随着时光的流逝减淡。

但李玥的出现的确干扰了卫晟南对他的影响。可从这天起，他发觉这个干扰功能在减弱，他还是没能将卫晟南忘掉。

6

秋日的阳光从玻璃窗投射进来，卢老师反复敲着黑板，试图引起同学们的注意。

"miss 有多种意思，未婚的女士可以称作 Miss，另外还有想念、错过等含义，语境不同，有不同的解释……"

"哎，你说，汉语博大精深，我们为什么非要学英语？"颜科用笔敲敲卫晟南的肩膀。

"英语是世界上使用最广泛的语言，不学英语怎么引进国外先进的知识和理念？"卫晟南身体靠后，悄悄地说。

"我们学的这些，哪一句能跟国外的专业人士打交道？ Nice to meet you. Nice to meet you, too. How are you? I'm fine, thank you, and you? I'm fine, too, thank you. NO no no, thank you."

"颜科，你在讲什么？"卢老师严厉地问。

颜科结束一个人的双簧，挠挠头站了起来。

"你上来用 miss 写个句子，要用到我刚刚所讲到的几种意思。"卢老师说。

全班都安静了，看着颜科用极快的速度在黑板上奋笔疾书，寥寥几行英文旁逸斜出。他写完了,用彩色粉笔画了线,展示给同学们看。

> I always miss you,
> So I miss you,
> So I miss you,
> So I miss you so much now.

阳光照在他的白蓝拼接的校服上,袖子挽到胳膊肘处,拉链却拉到第二颗纽扣那边,张开的小竖领显得他的脖子更长。他笑眯眯地解释这首小诗:

> 我总在逃避你,
> 终于我错过了你,
> 最后我失去了你,
> 以至于,此刻的我如此地想念着你。

同学开始怪叫着起哄,卢老师评价说:"诗不错,但这样的作文只能给你零分,因为耍小聪明。"

在卢老师的嗔怪下,他三步并作两步,轻快地从讲台上下来,不忘向卫晟南炫耀说:"榆木疙瘩,你那脑子能想出来吗?"

卫晟南举起她的笔记本,故作敬佩地说:"想不出来,所以抄下来随时拜读。"谁料颜科一把夺去,撕了下来,丢下一句:"留作纪念,不给了。"

上着课,卫晟南没敢抢,暗瞪了他一眼。

课后肖婷婷郁闷地找到卫晟南,给了她一张传单,上面印着灌篮高手,底下写着报名方式等等。

"这是什么?"卫晟南问。

"学校的篮球社,你没听说吗?颜科、薛中天和沈嘉林,他们都在里面。"肖婷婷说。

卫晟南继续疑惑地看着肖婷婷,她看起来心事很重的样子。

"起先有不少女生是奔着沈嘉林和颜科去的,听说,现在也有人奔着我们中天去了。"肖婷婷忧心忡忡地说。

"你怎么知道的?消息确切吗?"卫晟南问。

肖婷婷沮丧地摇了摇头:"没有证据,只是感觉不太对。现在他对我没之前那么亲密了,我找他,他十次有八次都没时间。"

"那你打算怎么办?"

"打入敌人内部,侦查侦查。"肖婷婷敲了下宣传单。

旁边的蔡情鼻子里轻哼了一声,肖婷婷敏感地问:"你有什么意见可以直说。"

"没意见。"蔡情骄傲地收拾书包,走人。

"她得意什么,单恋沈嘉林那么久,不也毫无成果。"肖婷婷对着她的背影哼了一声。

两人气喘吁吁地跑到体育馆前报名,统计名单的是个容貌秀丽的姑娘,她头也不抬地问:"有推荐人吗?"

肖婷婷和卫晟南面面相觑,只好回答说:"没有。"

"没有不给进。"

"我带她们来的。"说话间,蔡情过来了,左拥右抱着她们俩,"这俩是我的好姐妹儿。"

"是你介绍的啊,那进去吧。"姑娘笑着给每人发了张证,"回家自己贴个照片。"

蔡情夹着两个人的脑袋进了篮球馆，得意地说："还不快谢谢我。"

"谢谢你，蔡大小姐。"肖婷婷不见得真感谢她，她说过讨厌一切像妖精的女孩，卫晟南的谢倒是真心的。

进了体育馆，蔡情把她们松开了，去更衣室换衣服。她不打篮球，报的是排球课，因为沈嘉林报的排球。

卫晟南很快在人群中找到了颜科，他带着一男一女示范三步上篮。卫晟南鬼祟地靠近他，吓了他一跳。

"你来干什么？"颜科招呼那俩人先自己练习，把卫晟南拉出场地，"你这么进场地，会被球砸到的。"

"我是来打篮球的。"卫晟南一本正经地说。

颜科看了她三秒，笃定地说："撒谎，说实话吧。"

"真的是打篮球，我觉得自己身体不够结实。"卫晟南做了个伸展运动，眼睛却瞟向薛中天。

薛中天带着一个女孩练习过人。女孩运球，他阻断，两人很有默契。薛中天小心翼翼地护着女孩，唯恐不小心撞倒她。

女孩是与肖婷婷截然相反的类型，她看上去文静而内向，是永远不会往头发上粘假发片的那种人。

肖婷婷隐藏在观众席的最后面，只露半张脸，那半张脸上挂着一行清泪。

7

颜科顺着卫晟南的眼神看到了薛中天，立刻明白了她的来意，赶紧避嫌似的运着球走开了。卫晟南追上去试图抢他的球，被他灵巧地躲开了。

卫晟南步步逼近，伸手掏球，问："他们的事，是从什么时候开始的？"

"什么事儿啊？你说明白点儿。"颜科贫嘴。

"薛中天和那个女生是怎么回事？"

颜科没接话，任由卫晟南抢走了篮球，低着头说："我们是哥们儿，我不能对不住他。"

"你哥们儿杀人放火也能瞒着吗？那叫包庇。"卫晟南看着他说。

颜科愣愣地盯了她几秒，一拍脑门，说："败给你了，我告诉你，你别告诉薛中天是我说的。薛中天好像挺喜欢那女孩，为了迷惑肖婷婷，把我也拉进了篮球队，给他打掩护。"

"那你就帮他打？"卫晟南气哼哼地白了颜科一眼，"她叫什么？哪个班的？"

"郭梦琳，好像是高二十三班的班花。"颜科也往薛中天那边看，郭梦琳正用手背遮着嘴笑，皮肤真白，比卫晟南还要白几个色度，笑起来有种柔弱的可怜模样。

卫晟南见她嗔怪薛中天带球走的样子好丑，鸡皮疙瘩起了一身，想冲上去理论一番，但直觉告诉她不能轻举妄动，只得恨恨地说："男人没一个好东西。"

"你这话说的，我可好着呢。"颜科在卫晟南身旁耳语，语气暧昧极了，卫晟南似乎都能嗅得见他的呼吸。

"那你替我监视着他们俩，时刻向我汇报情况。"卫晟南在人群中躲避着薛中天，一步步向肖婷婷走去。

卫晟南拉着被悲痛折磨得涕泪横流的肖婷婷，把她牵引到排球场的休息区:"确切消息,女的叫郭梦琳,高二十三班的,薛中天是为了她才进的篮球队。"

肖婷婷面若死灰,猛地站起来说:"我去当面问问他!"

"你现在去质问薛中天,只会让他与你的距离更远。"蔡情不知什么时候站到两人身后,脖子上挂着条白毛巾。

肖婷婷气咻咻地回头:"那你说怎么办?"

蔡情坐在肖婷婷和卫晟南中间,阴阳怪气地敲了敲肖婷婷凸出的小肚子:"啧啧啧,切切能拌二斤大拌菜吧?你看看你们俩,这仪态,这黑眼圈,再看看人家,那马甲线,那紧致的肌肤,健康的气色,就像一只刚刚红了嘴儿的小桃儿。大拌菜和小桃儿,要你们选,你们选什么?"

"别拉上我,我可不需要抢男人。"卫晟南说着,一扭头看到范静拎着一提水,很辛苦的样子,从她们面前路过。

"哎呀,你怎么也不叫个人帮忙抬着。"颜科接住水的另一边,帮范静抬着往人群中走去,并招呼大家喝水,"都休息下吧,范静给大家送水来了。"

一股怨气直冲脑门,卫晟南浑身的汗毛都奓开了。蔡情轻轻点点卫晟南:"看见没有,男生都吃这一套。"

"你那么懂,沈嘉林不还是对你不理不睬的。"肖婷婷终于抓住蔡情短处了,讥讽她说。

蔡情一怔,不说话了。很奇怪,她安静下来后,好像整个球场也跟着安静了,运球和扣篮的声音显得格外响亮。沈嘉林救起一个即将落地的球,倒地后又轻盈地爬起。他的刘海全湿了,被他用手拢到后面,露出光洁的额头,整个脸部的线条显得分外流畅。

"沈嘉林,他不一样。"蔡情怅然地说,"普通女生用的伎俩,他似乎一眼就能看透，跟他玩不了套路。"

"那就真诚相待呗。"卫晟南说，"人人都会珍惜对自己真心的人。"

"无论我怎么真诚对他，他都像是跟我隔着一层什么，我说不清。"蔡情的情绪也消沉下来，她坐到卫晟南和肖婷婷中间来，"你跟他那么好，你了解他吗？"

卫晟南也莫名被勾起了伤感，闷闷地说："他好像对谁都很平均，对谁都好，又跟谁都不好，也很少见他有什么巨大的情绪起伏。"

"这不是在说你自己吗？"一旁的肖婷婷说。

"我是这样吗？"卫晟南奇怪地问，突然想起沈嘉林曾在KTV与她说过类似的话。

"不是贬义，这样的人好像一湖水，没有特别大的波澜起伏，属于比较理智的人。"肖婷婷笃定地说。

"哎，卫晟南，你过来打球。"颜科隔着人群，冲卫晟南大喊。

卫晟南汗毛都立起来了，摆手示意他："小声些！"

"什么？"颜科走了过来，大方地在卫晟南的身边坐下了。

"小点儿声音，薛中天不知道肖婷婷过来了。"卫晟南压低声音说。

"噢，对。"颜科不好意思地挠挠头，"那你下来打球啊，不然来篮球馆干吗？"

"是啊，一起下来打球。"薛中天冷不丁地从她们的身后出现，吓了大家一跳。

"好啊，一起打球。"肖婷婷出人意料地站了起来。

卫晟南诧异地看着她，肖婷婷对这些从来都不感兴趣的。

"婷婷……"薛中天本想打趣一下，但发现肖婷婷不太像在开玩笑,她率先走到球场里。

望着她的背影,薛中天心虚地与颜科对视了一下,继而问卫晟南:"怎么回事?"

卫晟南义愤填膺地刚要质问他,颜科站了起来,挡在薛中天与卫晟南中间做和事佬,说:"走走走,打球去打球去。"然后一边推着蔡情和卫晟南往球场走,一边招呼大家,"来来来,男女混合比赛,再来几个人。"几个男生一个女生站了出来。

"怎么打?"蔡情跃跃欲试地问,"男的一队,女的一队?女孩人不够吧?"

数了数,的确还差一名女生。

"让她来。"肖婷婷指着不远处夹着篮球的郭梦琳。薛中天开口要阻止,卫晟南推了把颜科,让他去邀请。

颜科尴尬地上前询问郭梦琳愿不愿一起打球,她点头同意了。

卫晟南上体育课时学了点皮毛,运球走还是没问题的。肖婷婷弱一些,而蔡情经常运动所以毫无障碍。另外那名女生和郭梦琳是篮球队的,技术水平比较高,但面对颜科就差了些。

颜科负责防守卫晟南,一旦卫晟南拿到球,颜科就张开双臂防守着她。这个姿势很暧昧,但颜科一直礼貌地与她保持着几厘米的距离。

"颜科,不要怜香惜玉啊!"薛中天在一边起哄。他打球时的确是不客气地撞上去的,不管是肖婷婷还是郭梦琳,一视同仁,"打不过女孩,以后还怎么在江湖上混啊!"

"打不过别人丢人,打不过卫晟南没什么的。"颜科大声回答他。

卫晟南心中微微一动。

"因为卫晟南不是女人,哈哈。"

就知道他没好话，卫晟南一个假动作，骗过了颜科，运着球往篮下跑去，投了个空心球。

"分数扳回来了。"蔡情隔着场子对卫晟南竖起了拇指，"女队加油！"

"加油，加油。"几个女孩大声鼓舞着对方。

卫晟南回防，这下是她防颜科。

颜科运着球，卫晟南张开胳膊防守他，他不紧不慢地往前走，卫晟南严防死守着。

"撞上去啊，撞啊！"薛中天吹着呼哨大喊。

另一个男生跑到篮下，跳起来示意颜科把球传过来，但颜科没理他，眼睛只盯着卫晟南。

"哎，卫晟南，我发现你的头发长了。"

卫晟南没说话。

"哎，卫晟南，你怎么戴着眼镜打篮球，不怕危险吗？"

"有什么危险？"卫晟南问。

"哎哟，你不知道啊，"颜科很夸张地惨叫了一声，"上回跟四中打比赛，他们队长是个四眼儿，结果啊，啧啧啧……"

"怎么了，你说啊。"见颜科卖关子，卫晟南着急了。

"结果篮球打在眼镜上，镜片碎了，玻璃渣子直接扎进了眼睛里，只听他一声惨叫，鲜血直流。送到医院里，医生把他的眼球整个儿挖出来了，啧啧啧……"

卫晟南下意识停滞了片刻，颜科趁机躲过了她的防守，一个三步上篮，球进了。

中场休息，蔡情递给卫晟南一瓶水："多亏了你，才没败得那么惨。"

卫晟南摸不着头脑："怎么，我就进了两个球……"

蔡情牵起嘴角笑笑："想什么呢，你以为你进的球，我进的球，男生队防守不来吗？"

卫晟南似懂非懂，哦了一声。蔡情拍了下她的后脑勺："傻子，颜科让着你呢！"

卫晟南抬头看颜科，他正在对面的椅子上坐着，两只胳膊搭在椅背上，眼睛定定地看向这边。

两人的目光越过篮球场，交汇在一起。

8

因为颜科放水，女生队以两分之差赢了男生队，但每个人都各怀心事，尤其肖婷婷和薛中天。球赛结束了，两人站在篮球架下，一个哭，另一个劝。

"有意思，赢的反而哭了。"颜科将运动包往肩膀上一搭，见卫晟南要去安慰，一把拦住，"干吗，当电灯泡有瘾吗？"

"肖婷婷……"卫晟南解释。

"越是亲近的人越不能插手，否则连朋友都没得做。"颜科冷淡地说。

卫晟南奇怪地看着颜科，他的表情比平时严肃。

"走，回家。"颜科拖着卫晟南往外走。

两人走在学校里，他们还是头一回这么光明正大地走在阳光下。卫晟南有点不好意思，怕被老师看到告诉爸妈，故意保持着半米距离。

"你家住在学校里，又天天在学校里上课，这是一种什么感觉？"颜科被阳光照得睁不开眼，眯着眼睛问。卫晟南第一次见他这副表情,纤长的睫毛密密地围绕在眼睛一周,睫毛缝隙里是闪烁的漆黑瞳仁。

"没什么特别的感觉啊,学校就是家,家就是学校,会觉得格外亲切吧。不过我就要搬家了,"卫晟南留恋地说,"我爸分了房,很快就要装修好了。"

"那会换电话号码吗?"颜科问,"换了要告诉我。"

遇到卫晟南的眼神,颜科飞快地躲开了,心虚地说:"你别瞎想,我是怕没地方补习。"

"我爷爷不搬。"卫晟南说。

"那也要告诉我啊,对了还有新的地址。"颜科说,"你们把一个孤寡老人留在学校里,万一他出了什么事,我好找你们履行子女的责任!"

"告诉你就是了。"卫晟南想着肖婷婷的事,心事重重地说。

"你是不是还在想肖婷婷和薛中天的事?"见卫晟南点头,颜科说,"我刚刚说的都是真的,感情上的事情,外人不好插手的。"

"你怎么很有经验的样子?"卫晟南敏感地问。她在想,他的经验是从哪里来的。

颜科没回答。

"说来听听呗。"卫晟南主动问,"是有人插手了你以前的感情吗?"卫晟南看着颜科欲言又止的模样,心中没底儿。

"当然不是我,我的初恋还在呢!"颜科说。

卫晟南悬着的心落了下去。

"其实……"颜科用格外温和的语气说,"我跟沈嘉林读小学时就认识。"

"一点也不意外。"卫晟南说。她早就想到两人有千丝万缕的联系。

"沈嘉林跟你说过?"

"倒没刻意说过,只不过提过以前有个朋友吃炸酱面,炸酱和面分装,后来在'有意思'见你这么吃面,暗地里想过这个可能。"卫晟南回答。

"初中的时候,我跟他还有个叫贾丹丽的女生关系很好,我们三个坐前后桌。"颜科的话使卫晟南犹如坐上了过山车,刚放下的心又重新提了起来。

"贾丹丽成绩很好,经常考全校第一名,把许多男生都打败了,我们都服她。但她不是呆傻型的,人很智慧。不是聪明,是智慧,感觉她跟我们都不一样。"颜科陷入了回忆,卫晟南承认此刻的他没了往日的吊儿郎当,反而有种深邃的魅力。

"什么叫智慧而不是聪明?"卫晟南心中酸酸的,刨根问底地问。

"书念得好,叫聪明。明确知道自己将来要做什么,并且一步步向目标靠拢,就叫智慧了。"颜科回答。

"那她将来要做什么?"卫晟南醋意冲天地问。

"不知道。"颜科老实地回答。

"那你怎么知道她很智慧?"卫晟南好气又好笑地问。

"感觉啊,就是感觉她与我们都不一样。感觉这种东西很玄妙的,反正你这种木头疙瘩是不懂的。"颜科狠狠地敲了卫晟南一记脑瓜崩。

卫晟南这次没跟他计较,虽然脑袋疼,但她陷入了更深的沉思。

"总而言之,她很优秀,沈嘉林也算是优秀吧。不过,他们加起来,都没有我优秀。"颜科大言不惭地说。

卫晟南忍俊不禁,白了他一眼。

"优秀的人总会互相注意到,他们俩互相喜欢吧,但谁也没说破。后来初中毕业前,贾丹丽不参加中考,要出国读高中。大家给她开了个欢送会,那时候我才知道他很喜欢贾丹丽。"颜科声音闷闷地说。

"我和贾丹丽送沈嘉林回家,路上我跟她说,沈嘉林很喜欢她。"说完颜科住嘴了,卫晟南以为他要放大招,等了一会儿发现颜科没有继续讲下去的意思,才问:"然后呢?"

"然后我们就把沈嘉林送回家了啊,再然后贾丹丽就出国了。"颜科快速地结束了这个故事。

"没了?"卫晟南迷惑地问,"怎么就表现出别人吵架不宜插手了呢?"

"就说你是块木头疙瘩。"颜科耸耸肩,解释道,"本来两个人都没有说破,贾丹丽走,沈嘉林在国内,两人心中存着这份美好的回忆就足够了,但被我说破了。贾丹丽给沈嘉林留了封信,大意说也很舍不得沈嘉林,可是学生时代的情感靠不住之类的。沈嘉林看了信后自然知道是我说漏嘴了,于是拿着信去找贾丹丽解释,当然他心中是不想贾丹丽走的,于是做了一番挽留。贾丹丽也有了动摇,便找爸爸妈妈商量,商量的结果不用说当然还是要走,贾丹丽回头劝沈嘉林跟她一起出国,但沈嘉林志不在此,也觉得贾丹丽的智慧似乎没有那么智慧,而贾丹丽觉得沈嘉林压根儿就不智慧。闹了一场后还是要分离,多深的感情都尴尬了,更何况两个人还只是彼此有好感呢,于是就不了了之了。"颜科绕口令似的讲完,卫晟南还是一脸懵。

"就因为这?"卫晟南奇怪地问,之前她脑补了上百种可能,没想到只是因为一句话。

"不然呢?学生时代的感情本来就很脆弱,经不起一点点波折。

这样的情况已经很严重了,直接体现出价值观的差异呢。"颜科振振有词地说。

卫晟南听了颜科的话,偷偷瞟了他一眼,心中忐忑地问:"那你呢,你是不是也喜欢贾丹丽那种,智慧型的?"

颜科没立刻回答,他的眼睛望着前方,似在思考,又似害羞不说。

9

卫晟南问完就后悔了,她害怕知道答案,恨不得把舌头咬下。看颜科欲言又止的样子,看来距离她心中的答案不远。

她缓慢拉开了与颜科的距离,实际上他们本来走得也不近。颜科忽然停下来,转头看了卫晟南一眼,疑惑地问:"我又不会吃了你,你离我那么远干什么?"

卫晟南始料未及,又是低着头走的,差点儿撞上他的胸口,但她还是及时刹住了,在距离他不到一厘米的位置收回了失控的身体。卫晟南半长不长的发丝蹭着他的下巴,轻轻掠过,掀起一阵淡雅清香。

颜科耸了耸鼻子,说:"好香,你涂的什么香水?"

卫晟南往自己身上闻了闻:"没有啊,没用香水,洗衣液的味道吧。"

"什么牌子的洗衣液?"颜科问。

卫晟南说了个市面常见的牌子,这个洗衣液出了款青花香型,洗完会有一股淡淡的味道。谈不上香,说是衣服在太阳下晒出的气味更贴切,或者说,是干净的气味。

卫晟南举着手腕,凑到颜科鼻子底下。他的手环着她的手腕,两人忽然意识到这个举动十分暧昧,一时间都不好意思起来。

为缓解尴尬,颜科又问:"哎,你刚刚问我什么来着?"

"没问什么啊。"卫晟南心想听不见最好。

"不对,你问我了,问的什么来着?"颜科的强迫症犯了,非得问出卫晟南刚说的话。

五月份的天,连风也是柔和的,轻抚着两人都有些发烧的脸。这么斗着嘴,卫晟南觉得很开心,好想一直这么下去,延续着这平静又美好的时光。

快到卫晟南家了,她怕被人看到,草草道了别要走,颜科玩上了瘾,防守一般左堵右挡,把她堵在胡同口。卫晟南没辙只好重复了一遍问题:"我问你,是不是喜欢贾丹丽那种智慧型的女生?"

颜科定定地看着她,似乎没过脑子般:"喜欢什么样的为什么要告诉你?你为什么对我喜欢什么类型的那么上心?"

卫晟南大嚷:"喂喂,不公平,你故意给我下套。"

颜科蹙着眉头说:"我喜欢谁也不喜欢你这样的,你压根儿不是我的菜。"

"你有病吧,我问你了吗?"卫晟南生气了,声音一点也不比颜科小。

"那轮到我问你了,"颜科问,"如果你是贾丹丽,我是沈嘉林,你会不会为了我留下来?"

"那你呢,你会不会跟我一起出国?"卫晟南也发问。

两人都像是赌气一般,忽然没了闹着玩的性质,又回到了互相道别回家的阶段,但两人都没有想要回家的意思。

"我送送你。"卫晟南说。

"好啊。"颜科巴不得她这么说似的。

于是两人并肩往颜科的家走。有的时候有话说,有的时候没话说,没话说的时候,卫晟南就看地面上两人的影子。

走了大约一半,颜科说:"你走太远了,我把你送回去吧?"

"好啊。"两人转回,再次往卫晟南家走去。

路上几次卫晟南偷偷瞟着颜科的表情,拿不准要不要再挑起话题,不过她觉得这种沉默不算尴尬,她觉得很平静。

快到家的时候,卫晟南拿手一挡:"你快回去吧,送来送去,要送到明天天亮了。"

于是两人准备告别。卫晟南此刻与颜科的距离很近,她发现颜科的眼睫毛也很长,只不过上睫毛是耷拉着的,眨眼的时候,与下睫毛重叠在一起。

"你眼睫毛好长。"卫晟南感叹道。

颜科十分认真地说:"嗯,因为是假的。"

"假的?"卫晟南又走近了几步。

"嗯,假的,偷偷粘了我妈的假睫毛。"

"有病吧你。"卫晟南不自觉地歪着头研究他的睫毛,呼吸蹭得颜科的脸颊痒痒的。

颜科突然窘了,他抿了抿嘴,眼睛不敢看卫晟南。一低头看到她的鞋,白球鞋略带点儿脏,露着纤细白皙的脚踝,更不敢看了。

"不是……假的,是天生的……"颜科低声说。

"好啦,我回去了。"卫晟南觉得没意思,说道。

颜科没有提出异议。

卫晟南懒懒地往家走,心中想的是沈嘉林和贾丹丽,或者说是校园里的无数个沈嘉林和贾丹丽,或者说是她和颜科。一想到自己真的在认真思考她与颜科的关系,卫晟南被自己吓了一跳。

"我这是在干什么?"卫晟南如此想着,又想着刚才那个问题,假如她真的是贾丹丽的话,只要颜科挽留她,她一定会留下来。

"喂,卫晟南!"颜科远远地喊她。

卫晟南转过身,看着颜科,距离太远了,看不清他的表情。

"卫晟南,你刚刚不是问我喜欢什么类型的女生吗?"颜科的声音温柔极了。卫晟南周围的环境模糊了,她紧张地盯着颜科的身影。

颜科把手举到嘴边,大声而坚定地说:"卫——晟南——我——"

卫晟南的心跳加速起来。

颜科停住了后半句话,两人遥遥相望。

一辆货车从后面的街道驶过,刺耳的鸣笛声震飞了树上一群雀儿。不知谁家的鸽子落在他们之间,咕咕地寻着食吃。

第三章

我喜欢

1

肖婷婷结婚的时候,正好赶上卫晟南进S市第一人民医院实习。那日她正在妇产科接生,产妇喊得撕心裂肺,她也跟着喊得震天动地,因为产妇正死死攥着她的手腕。

产妇终于平安生下一名女婴。卫晟南抹着汗走出手术室,围在外面的家属递糖的递糖,问情况的问情况,她只觉得手腕疼得厉害,低头一看,手腕上被产妇攥出了一个完整的紫色五指印。

她的同事姜琴拿着病历本迎了上来,看到她的伤哟了一声:"这是刚从地府里爬出来吗?"

卫晟南苦笑:"差不多,宫口已经全开了,可就是不会用劲儿,告诉她气往下沉,可她一直喊啊喊的,气都是飘的。她老公晕血,一进产房就给抬出去了,我充当的就是她老公的角色。"

"哎哟哎哟,你受苦了,一会儿下了班我请你吃火锅,犒劳犒劳你!"姜琴安抚着卫晟南,突然想起来什么似的,从病历夹里抽出一封信来,"刚去传达室看到的,你的。"

"谢谢啊。"卫晟南一边往值班室走,一边低头看信。

寄信人是肖婷婷，里面是张硬硬的卡纸。她打开一看，是张大红的请柬。

新娘是她的好友肖婷婷，但新郎不是薛中天。

卫晟南给肖婷婷打了个电话，第一句话不知道怎么说，那边已经开始喜极而泣了。

"晟南，我要结婚了，是咱们中的第一个！你回来吗？回来吧！老徐也来，听说还要带着家眷！还有范静，还记得范静吗？咱们班的班花，见过她的人都说她发福了，没以前漂亮了。"

卫晟南抿着嘴笑，肖婷婷还是从前那样的急脾气，不给人回答的机会。她问："蔡情回去吗？"

"快别提她了，从高考后就一直杳无音信。"

"那……"

"别这那了，你可一定要回来，说好了啊！"

电话很干脆地挂断了，完全不给卫晟南问颜科回不回去的机会。

她还没想好如何面对颜科，倘若他去，她是不敢回的。

2

犹如自己结婚一般，她剪了发梢，新做了发型，逛了一天街买了件低调合体的礼服。不仅是礼服，她里外重新换了一遍。

虚张声势是因为底气不足。她太明白自己为何会心虚了。

当年高考失利的事情几乎全校皆知，当年在成人典礼上号啕大哭，当年与颜科人人看好却分开了。这次参加婚礼要遇见许多同学以及熟人，她不能一输再输。

全副武装地去了肖婷婷的婚礼。因为是深冬，她在礼服外面加了件大衣，狠狠心挑了条不加绒的丝袜，冷得两个膝盖发木。大冷的天,这缺心眼的丫头竟然办户外婚礼。

肖婷婷微微发福了,剪了齐肩短发,笑盈盈地站在百合花花墙边与新郎一同迎宾客。新郎是个斯文的中年男子,戴着眼镜,幸福洋溢在眉梢眼角。

红包递上,肖婷婷紧紧握住卫晟南的手,两个人也没多话,情绪全在眼睛里。卫晟南替她高兴,悄悄拧了下她的屁股:"行啊,阵势挺大呀。"

"那是,费了我不少心思呢,一辈子就这一次。"肖婷婷乐得合不拢嘴,"进去吧,好多同学都来了。"

卫晟南正想问,肖婷婷悄悄在她耳畔说:"不用慌,没叫他来。"本以为自己会松口气,谁知却失落起来,仿佛掉了魂儿般。接下来肖婷婷说什么她都听不太清了,只好点点头往里面走去。

卫晟南找了个不太显眼的位子坐着,看着好友从她父亲手里被移交到新郎手里,忍不住落泪,这高兴又悲伤的情绪不知从何而来。

着实是冷,卫晟南放在桌上的手微颤。一个服务生托着圆盘过来,圆盘上是一条暗松柏绿的羊绒大披肩,恰好与她今天穿的衣服很相配。

"那位男士送过来的。"服务生礼貌地往后指了指。待她回头,发现那儿空无一人。

卫晟南沉浸在婚礼的氛围中,无心想是谁送的,只揣测应该是肖婷婷的亲眷。说是披肩吧,比披肩长,说是围巾吧,又太宽,折两折裹在腿上,冻僵的双腿才慢慢有了知觉。

肖婷婷换了衣服后出来招呼卫晟南坐到前面来,前面的一桌跟她热情地打招呼。

"卫晟南,你变漂亮了。"

她看到胖了不少的班花和她男友，班主任老徐和他的爱人，仍旧孑然一身的江海，带着个漂亮姑娘的吴晓磊，打扮时尚的田瑶等熟悉的面孔。

众人都长大了，脸上的稚气都没了。一瞬间，卫晟南突然觉得自己的装备过火了，她没有必要这么紧张，现在反而落了刻意。因为在见到大家的那一瞬间，她并没有任何生疏的感觉。昨日种种的不快，已经被时间长河冲刷得分崩离析，剩下的只有好久不见的亲切。

无人嘲笑过去的小事，甚至没人提起薛中天，他好像从众人记忆中消失了一般。

今天的主角是肖婷婷，大家善意地避开了所有令人尴尬的话题，一切只为她能快乐幸福。

卫晟南作为肖婷婷的第一好友，自然喝得多了些，回家后人事不省，直到第二日起床才发现羊绒披肩忘记归还。电话打过去，新郎新娘竟不带任何通信设备去了热带小国度蜜月去了。

这条披肩卫晟南就留下了，她有储存旧物的习惯，一留就是好多年。

3

李玥找卫晟南见面的几天后，卫晟南敲开了肖婷婷家的门，告诉了她这几天发生的事情。从收到请柬到相亲时撞见颜科，再到颜科女朋友找她的事情，两人一说起来就没完没了。

许久未见面，卫晟南发现肖婷婷婚后彻底变了个人似的，皮肤从里到外透出一圈光晕，显得白里透红，十分明艳动人。肖婷婷给卫晟南倒了杯水，坐在她对面，听她讲完事情经过，才说："我也收到了结婚请柬，上面没写名字，只有地址。"

说完拿出请柬，果然与卫晟南收到的一模一样。

两人坐在一起，谈了会儿过去的事情，肖婷婷抬头望望厨房里忙叨的爱人，忽然压低声音说："前些天我看见薛中天了。"

"嗯？他也回来了？"

肖婷婷点了点头："我从超市出来，刚好碰见他进来，打了个照面，你说巧不巧？从前挺恨他的，如今却一点感觉也没有了，还跟他聊了会儿天。他说，现在每天要照顾孩子，两个小时就得喂一次奶，感觉女人真不容易。"说毕肖婷婷捂着嘴笑，"那时候我还以为他非郭梦琳不娶呢。"

"对了，你猜郭梦琳大学毕业后嫁给谁了？"肖婷婷挤挤眼，坏笑说，"还记得化学刘吗？"

"记得，记得。"卫晟南点头如鸡啄米，接着捂住了嘴，"不会吧？"

"她跟化学刘结婚了，听说蜜月里就怀了宝宝。"肖婷婷笑得两眼发光。卫晟南发现她比读书时美多了，看样子日子过得很舒心。

说话间，肖婷婷的爱人把饭做好了，招呼她们过去吃。

手艺不错，六菜一汤，菜品很好。肖婷婷举起果汁说："欢迎卫晟南来我家做客，另外我还有个好消息要宣布，"她羞怯得犹如一个少女，手不自觉地抚摸着腹部，"我要当妈妈了。"

卫晟南心头的阴霾一扫而光，慌忙拿了张垫子垫在肖婷婷屁股底下，又嘱咐她吃喝上该注意什么。肖婷婷听她絮絮叨叨的架势，乐道："一时间忘记你是医生了，真该好好听听你讲课，只是今天主要是给你接风，所以卫大医生还是别说了，赶紧吃饭吧！"说完夹起一只油焖大虾堵住了她的嘴。

这顿饭卫晟南吃得非常开心。临走肖婷婷把她送到小区外，在帮卫晟南整理衣领时,手指翻出掖在里面的披肩:"你还留着这个呢?"

卫晟南哦了一声,要解下来还给肖婷婷:"上回你婚礼我喝多了,忘了还你了。摸着料子很好,挺贵重的吧?"

肖婷婷笑而不语,又替她把披肩围了回去。

"对不起,晟南,我那天撒了谎。"肖婷婷温柔地说,"那天颜科也来了,他求了我好久,说不打搅任何人,尤其是你,让我允许他远远望你一眼。可能你不知道,这条围巾是他的。"

瞬间,卫晟南觉得周围的场景变了,不再是单调的小区门口,而是几年前肖婷婷的婚礼,她因为寒冷瑟瑟发抖,目光专注地看着舞台上的新郎新娘。而在她后方的角落里坐着的人,是颜科。

他望着卫晟南的背影,一语不发。见卫晟南冷,便招来服务生,解下脖子上的围巾,折叠整齐放在了托盘里。

"给那位小姐,谢谢。"

服务生离开后,他便离席了,迅速消失在欢乐的人群中。待卫晟南回头,只看到寂静的角落,桌子上连个杯子也没有,似乎没有人来过。

唯有他,这么多年能一直默默关注着她,关心她的冷暖,关心她快乐与否,关心她的一切。

只因为她是卫晟南。

4

卫晟南敲开肖婷婷家门,一是来告诉她新家的地址,二是给她送暑期作业的答案。

开了门,肖婷婷红肿着眼,头发也没洗,一缕缕贴在头皮上,看见卫晟南便一头扎进她怀里哭了起来。

"还是那个叫郭梦琳的。本来蔡情教我,让我假装不知道,可我这脾气你也知道,还是兜不住,吵架的时候全撒出来了。"肖婷婷郁闷地说着,拉过一条毛巾开始抽噎,"本来我以为不难过的,谁知道现在心里可难受了……"

卫晟南抚摸着她的肩膀,想大骂薛中天一番,左右想来,这并不是解决问题的最佳方法,又问道:"那他什么态度?"

肖婷婷响亮地擤了下鼻子说:"他说以后我俩再也不要和对方说话了。"

"颜科过生日请吃饭,你还去不去?"卫晟南问。

肖婷婷摇头:"颜科过生日,薛中天肯定会去的吧,我就不去了。"

"那我也不去了。"卫晟南握住肖婷婷的手。

"别啊,你跟颜科不是自从放了假再没见过吗,还有蔡情和沈嘉林。听说颜科把省里篮球队的几个厉害的球星都叫来了,你不是一直都想见见吗?"肖婷婷快快不乐地说。

"他们加在一起都没有你重要啊。"卫晟南说。

肖婷婷感动地回握着卫晟南的手,破涕为笑:"晟南,你真好。我还是去吧,毕竟是颜科过生日,我陪你去。"

正说着,门铃响了。蔡情假小子样甩着头发进来,看到卫晟南也在,稀松平常地打了声招呼:"你也在。"

她进屋坐在沙发上,劈头盖脸地给了肖婷婷一顿教训,说她沉不住气。肖婷婷烦了,回嘴道:"你那么沉得住气,追沈嘉林这么久了,还没追到手。"

卫晟南想起颜科告诉她的事情,说:"那个沈嘉林,在初中的时候……"

"怎么了？"蔡情急性子地问，眼睛盯着卫晟南的嘴。

"颜科说沈嘉林初中的时候好像喜欢过一个叫贾丹丽的女生，"卫晟南索性一气儿说完，"他们之前是朋友，不过现在闹掰了。"

"是了，怪不得，"肖婷婷一拍蔡情的大腿，疼得蔡情直叫唤，"怪不得沈嘉林是禁欲系的，原来感情受过挫。"

"你再说说。"蔡情催卫晟南讲细节，卫晟南便如实地把颜科跟她说的转达了一下。

待她讲完，肖婷婷感慨："真想看看这个叫贾丹丽的人长什么样，能让沈嘉林这么痴恋。"

"找她校内。"蔡情说完直奔肖婷婷书桌上的电脑而去。三人瞪着眼翻沈嘉林和颜科的共同关注好友，终于找到一个名为"贾丹丽"的女生，看她资料应该就是那个贾丹丽。贾丹丽很少传照片，为数不多的几张照片也都是侧面或远景。

"搞什么，根本看不到长什么样，肯定是因为长得丑才不露脸。"肖婷婷看得眼睛疲惫，几千条状态翻过去着实是个大工程。

陪着蔡情看了会儿，卫晟南也累了，坐远了一点，唯有蔡情还在战斗。

不知过了多久，蔡情激动地一砸鼠标，喊道："找到了！"

昏昏欲睡的卫晟南和肖婷婷忙围过去。蔡情是通过贾丹丽的关注好友翻出来的，而她也算交友广泛，竟然有一千多好友，还都不是僵尸号。

"你一个个翻的？"肖婷婷指着无数个打开的页面，咋舌道。

蔡情打了个呵欠，点了点头。

看了照片，她们都不想说话了，因为这是一个气质与她们三人都迥然不同的女生,不,准确地说是女人。

肖婷婷是邻家型的,顺直的中长发,五官细巧,眼角下垂,无害又单纯;蔡情是率真型的,过耳短发,烫了发梢,双目顾盼神飞;卫晟南是知性型的,面部轮廓较深邃,自从女性意识觉醒后,头发也留到肩膀了,加上天生肤白,三人走在路上她的回头率偏高。本以为三人已经涵盖了大部分女性的类型,却没想到发现了新物种。

这是个能给人绝对视觉冲击的女生。深棕色的大卷发,丰厚红润的双唇,凹凸有致的身材,以及慵懒的气质,就算是女人看了也会动心。

"原来沈嘉林好这口儿。"肖婷婷喃喃自语着。

蔡情从椅子上一跃而起,把自己的脸挪到显示屏前:"怎么,比我美?"

两人看看蔡情,再看看贾丹丽,不好做评价,两人的风格相差十万八千里。

"不好讲。"见肖婷婷不好意思说,卫晟南说,"她比你有女人味。"

三人都有些空落落的,呆看了会儿贾丹丽的照片。屋里安静极了,她们都懒洋洋地提不起精神,不远的穿衣镜里映着她们的样貌。蔡情沮丧地坐着,一只手托着腮;肖婷婷倚靠着蔡情坐的椅子,不停地挠头皮;卫晟南背靠着书架,双手背在身后。三人均穿着宽松没型儿的校服,身形模糊。

她们看着镜子里的三个女孩,镜子里的女孩们也看着她们,三人突然就有了忧愁的感觉。

不是嫉妒,而是觉醒。

蔡情从桌子上的笔筒里掏出一把剪刀,拍在桌面上。

"你要自杀?"肖婷婷要夺剪刀,却被蔡情躲开。

"不是,我要给咱们三个来个改造!"她举着剪刀,双目闪闪发光。

5

临近颜科的生日,很多女生陆陆续续开始送颜科礼物。

"哟,你们三个看上去怎么跟我们不太一样?"田瑶走到蔡情面前上下打量,又瞥了一眼旁边的卫晟南和肖婷婷。

蔡情把松垮的校服裤腿拆开,剪了两寸,腿的线条就露出来了。上衣也掁了两道边儿,有了腰身。

"哪有不一样?哎,你们这是干吗?"蔡情问田瑶。

"给颜科送生日礼物啊。"田瑶说,"我们这帮人,不在他生日晚会的宴请范围内。据说,晚会上还会有神秘嘉宾。"

"什么神秘嘉宾?"肖婷婷凑上来问。

田瑶摇摇头:"你们关系好,自己去问他咯。"

送礼物的女生居多,颜科则看也不看人一眼,只示意把礼物放一边。他在专注地写作业,时不时停笔思考,微蹙着眉头。

卫晟南把手伸进抽屉里,书包里是给他的礼物。之前去八公山,她捡了十几只贝壳,小心翼翼地钻了孔,用绳子穿了个手链。此刻她觉得礼物略寒酸,而且不像是给男孩的生日礼物。但这是她所能想到的最好的礼物了,花了她很多功夫。每天晚上写完作业,她就着盏孤独的台灯,将贝壳一个个穿好。

蔡情好事,要去问神秘嘉宾是谁,被卫晟南喊住了。

望着她询问的目光,卫晟南摇了摇头。

颜科把聚会的地点选得比较偏僻。他包下了一所公馆的顶层,中央还有个小型的假山和泉眼，水流汩汩。

班上同学就来了几个，还有一些外校的，十几个人吵吵嚷嚷的，饭也没怎么吃，就玩开了。

薛中天作为颜科的哥们儿，与他坐在一起，肖婷婷则赌气坐到另外一桌，卫晟南自然就陪着她坐着。沈嘉林与颜科关系一直疏远着，自然也跟卫晟南她们坐。

蔡情今天打扮得很漂亮。并不是很热的天，她在校服里面穿着吊带小黑裙，衬着柔顺的头发和耳坠，十分妩媚。看得出，她在往贾丹丽的打扮风格上靠。

卫晟南一直想等个机会把礼物送到颜科手上，但他是这场聚会的主角，人人都想与他亲近，她一直没找到机会。

快切蛋糕的时候，大家只听见一串清脆的高跟鞋声，一步步走向他们的包房。众人往外张望，镂空的木质屏风上影影绰绰地闪动着一个身穿红色裙子的人影。

"这就是神秘嘉宾啊？"不知谁不怀好意地大嚷了一声。

颜科突然摘了生日帽，慌乱地拨开人群，在那张人脸没完全露出的时候，把她推了回去。

"走错了，走错了。"颜科与平时不太一样，他今天格外地局促不安。

"谁啊？给我们看看呗。"蔡情突然大声喊道。

"大家好，"那人还是推开了颜科，极力挤到众人面前，笑意盈盈地说，"我叫贾丹丽，是颜科的朋友。"

6

本以为颜科是怕沈嘉林尴尬，可直觉告诉卫晟南哪里有些不对。

贾丹丽坐到了颜科身边,举手投足间带着大气,是见过大世面的样子。碰巧她所坐的位置侧面有盏灯,灯光照得她肤若凝脂,唇色鲜艳。

卫晟南直勾勾地盯着他们二人,同样愣住的还有沈嘉林。

"你认识她?"蔡情充满醋意地问沈嘉林。

沈嘉林没说话。

开始切蛋糕了,贾丹丽把奶油往颜科的脸颊上一抹,场子热闹起来。卫晟南看不下去了,她把礼物往蔡情手里一塞:"帮我给他。"她很失落,心中某个地方在无声坍塌,然而还要强颜欢笑。说完她拎起书包,扭头就走。

她跑出公馆,外面天色已晚,繁星满天。

她胸口有些闷闷的,头也疼极了,于是找了个花坛坐着。服务生走过来问她需不需要帮助,卫晟南摇头拒绝了。

今天发生的一切都令她烦乱,卫晟南也是第一次觉得颜科距离她很遥远,很陌生。

一个人轻轻坐到她的身边,她放下捂着脸的手,是沈嘉林。

"你也出来了?"卫晟南抹了抹发烫的脸。

沈嘉林点了点头:"肖婷婷待不下去了,我叫了辆车,蔡情把她送回去了。"

卫晟南有些内疚,她应该守在肖婷婷身边的。她听见公馆的鸣钟,知道时间不早了,于是与沈嘉林结伴往市区里走。

"我听颜科讲了你们的故事,"夜色中卫晟南看着沈嘉林的侧脸,慢吞吞地说,"你和贾丹丽。"

沈嘉林嘴角一扬:"嗯,然后呢?"

卫晟南真诚地说:"抱歉,我觉得挺可惜的,有情人不能在一起,实在是太遗憾。"

"有情人？"沈嘉林轻笑一声，"可能是吧，不过那是很久以前的事情了。"

"这也是你不肯接受蔡情的原因吗？"卫晟南又问。

沈嘉林轻手轻脚地踢走路边一颗石子："都说十六七岁不要喜欢一个人，若是曾经拥有过还好，若是没有过，恐怕就是一辈子的念想，逃也逃不掉。"

"既然你都知道，这对蔡情公平吗？"卫晟南问。

"既然颜科都知道，那他对我公平吗？"沈嘉林似在自语。

卫晟南浑身的汗毛都竖了起来，他讲这话是什么意思？

"有情人是一定会在一起的，那些没能在一起的，还是情不够浓。"沈嘉林说，"我想颜科大概跟你讲了，初中的时候我对贾丹丽有好感，得知她要出国，我过了一段颓废的日子。可是最要紧的事情我猜他没跟你讲，贾丹丽她——"沈嘉林顿了顿，"她说她喜欢的人是颜科。"

果然，女生的直觉是准确的。还有，越怕发生什么，什么就越会发生。

7

前来询问文理分科的家长把老徐里外围了好几层。卫晟南看着卫母在里面举着她的分班考试成绩，一边与同学的家长聊天，一边等着咨询老徐。

离家前，她与卫母吵了一架。她还是想学文科，但没那么强的执念了，不过还是垂死挣扎了一下，最终以卫晟南妥协告终。

卫晟南立在窗户前，无聊地用手抠着玻璃上的污渍，忽然一个穿白色卫衣的身影立在她身边,龇着牙笑:"你干什么呢?"

她没趣地躲了躲,与他拉开了点距离。

"上回我过生日,你怎么那么早就走了?我后来找不到你,差点往你家打电话。"颜科说。

他偷偷瞟了卫晟南一眼,见她没有说话的意思,又找了个话题:"那是你妈?你们不太像啊。喂,还用来咨询吗,不是说好了学文科吗?"

卫晟南闷闷地说:"学理。"

"学理?卫晟南,你怎么说话不算数?!"颜科诧异地大声问道,马上他也知道自己声音大了点儿,忙又压低声音,"怎么回事?不是说要坚持自己吗?"

"我没有自己,也没有心。"卫晟南想起那晚颜科与贾丹丽坐在一起的情景,加之沈嘉林说的话,只觉万箭穿心。她脸一扭,干脆不看颜科,闷闷地说,"你就那么烦我?学文科要离开老徐的班,你巴不得我走吧?"

"卫晟南,你怎么一天一变啊?"颜科见她心意已决,有些委屈,"那我可走了?"

卫晟南怕里面的卫母看到,就顺着他的话说:"你走吧,赶紧走,当心被我传染笨了。"

颜科没走,默默地陪她站了一会儿。卫晟南怕卫母真的转身看见,往墙后面一躲:"你不是说要走吗?"

颜科把一袋东西放在窗台上。卫晟南留意到他手腕上戴着她送的手链,那是她熬了许多个晚上,把一个个贝壳穿上去做的手工礼物。

放完东西,颜科就走了。卫晟南打开外包装,发现里面是几盒隐形眼镜、一瓶护理液,还有张小纸条。纸条上面歪歪扭扭写着一行字：蠢货，以后打球不要戴框架眼镜了。

回家路上，卫母走着走着突然停了，在路边小摊上挑水果。卫母见卫晟南心不在焉的模样，故作不经意地问："刚刚和你在门口站着说话的男孩是谁？"

卫晟南吓了一跳，慌忙说："哪个男孩？不知道啊。"撒完谎她就知道完蛋了，还不如直接承认呢。

"高中已经过了一大半了，上点儿心。"卫母意味深长地说。

卫晟南唯唯诺诺地应了一声。

文理分科碰巧赶上校庆，每个班要出一个节目，老徐把任务交给了沈嘉林，毕竟他的小提琴水平在学校算拔尖的了。沈嘉林邀请卫晟南帮他伴奏，最开始借了架钢琴，后来觉得单调，就加了个麦，让卫晟南伴唱。

一个下午，沈嘉林找卫晟南排练，因为正与颜科闹别扭，卫晟南情绪低迷。

沈嘉林给了她一张打印纸，上面手写着一首诗。

借我一个暮年，
借我碎片，
借我瞻前与顾后，
借我执拗如少年。
借我后天长成的先天，
借我变如不曾改变。
借我素淡的世故和明白的愚，
借我可预知的脸。
借我悲怆的磊落，

借我温软的鲁莽和玩笑的庄严。

借我最初与最终的不敢,借我不言而喻的不见。

借我一场秋啊,可你说这已是冬天。

"谁写的?"

"一个80后作家,叫樊小纯。"

"你会谱曲吗?"沈嘉林问。

卫晟南摇摇头,在钢琴上试了两下,又摇头。她现在满脑子都是与颜科的你来我往,好似过招一般。

"你心情不好?"沈嘉林看出她不对劲,细心地问。卫晟南突然冒出一个念头,倘若颜科能有沈嘉林一半细致,她也不至于如此。

节目单上并没有写卫晟南的名字,只注明沈嘉林等表演,因此卫晟南上台的时候,观众席里一片起哄声。卫晟南换了条深色纱裙,头发全部挽起,摘了眼镜,整个人都变了一副模样。

卫晟南调了下麦,目光瞥到台下的颜科,不禁一怔。那边沈嘉林问:"准备好了吗?"

卫晟南点点头,简单的旋律响起,底下一片静寂。

刚开始的两句有些颤抖,忽略观众的嘘声,她慢慢进入了状态。自弹自唱了前四句,沈嘉林的小提琴进来后,她就胆大了些,也唱得更自信。蔡情和肖婷婷在第一排坐着,余光一瞥就能看到她们充满鼓励的目光,卫晟南越来越自信。

一曲结束,掌声雷动。卫晟南与沈嘉林谢幕时,早就准备好的肖婷婷和蔡情举着花就上来了。

一进后台,蔡情就推着沈嘉林往深处走,吵着要听他拉其他曲子。肖婷婷帮卫晟南整理东西,对她使了个眼色:"听说蔡情今晚上要使大招。"

"什么大招……"话还未问完,正卸妆的卫晟南从镜子里看到颜科掀帘子进来了。

"肖婷婷你出去一下。"颜科严肃地说。

肖婷婷知趣地先走了,后台只剩二人。外面下一个节目开始了,在后台模模糊糊能听到声音,显得更安静了。

卫晟南继续坐在化妆台前,只从镜子里看到颜科冷峻的脸。

"你最近总躲着我,我连你有节目都不知道。"颜科说。

卫晟南没回答,实际上她不知道该如何回答。

"你又跟他搅和在一起了,我之前不是跟你说过了,蔡情她……"

听见颜科又提蔡情,卫晟南双手扶着桌子站了起来:"蔡情她都知道,每场排练她都来。我跟沈嘉林什么都没有,唯独你揪着不放!"

颜科没想到卫晟南发了火,顿时怯了,走近了两步,耳语般说:"好了,我道歉,是我不对,你别生气。"

"我可没有生气,"卫晟南一声冷笑,"就是生气,也没有十五六岁时喜欢的谁在旁边安慰我。"

颜科迟疑了几秒钟,他知道卫晟南所指,而这几秒钟令卫晟南的心刀割般疼痛起来。

"沈嘉林告诉你了。"他用的是陈述的语气,反而显得有诡辩的意味。

"我没想到你会骗我。"卫晟南哑着嗓子说。

颜科低着头,沉默不语,没了刚刚的锐气。卫晟南见了他这副样子,心立刻就软了,可正是因为这心软让她更加急躁,好似窥见了心中最深处的隐秘,令她窘迫,令她不安。

"所以说,他说的都是真的了?不肯为贾丹丽出国的不是沈嘉林,而是你。"卫晟南的声音淹没在外面的掌声中,但颜科已经听到了,他点了点头。

卫晟南双手颤抖着把自己的东西收好,背上书包,起身要走。颜科想拦又不敢,只跟在她身后底气不足地说:"你别生气……"

卫晟南猛地回头:"我为什么要生气,好笑,我们是什么关系?"

她大概是在等待着什么,否则也不会站住几秒钟,但她还是扭头走了。她的手拉开门的时候,颜科在身后喊道:"卫晟南,我喜欢……"

卫晟南不禁停住了脚步。

"我喜欢你今天的装扮,很美,真的。"颜科说。

卫晟南反手把颜科关在屋里。

回到家,她情绪低沉地说了句我回来了,关上门才察觉气氛有些不对。卫晟北和卫父卫母都在客厅坐着,茶几上摆着一双耀武扬威的篮球鞋——颜科的篮球鞋。

"你过来,妈妈有话跟你说。"

8

"这是谁的?"卫母的语气还算平静,但她的表情已然担忧得有些扭曲了。

"同学的……"卫晟南底气不足地说,心想今天真够倒霉的,事情全赶到一起了,上次应该赶紧还给颜科的。卫晟南的眼睛瞥向卫晟北,发现她也是大气不敢出。

"男同学?"

卫晟南心虚地点了点头。

"上次家长会，跟你站在窗前说话的男同学是叫颜科吗？"卫母抖出一串信息，越往后听，卫晟南越是心惊胆战。

"说话啊。"

卫母见卫晟南不吭声，站起来开始穿外套。

"你去哪儿？"卫父问。

卫母把篮球鞋往手提袋里一扔："找徐老师了解下情况。"

"妈，别去。"卫晟南急得浑身是汗，拦在卫母前面。卫晟北见状，也站起来堵在门口。

倘若真的拿着鞋找老徐，卫晟南可就真的说不清了。

"那你跟我说实话。"卫母软硬兼施。

"跟我说话的确实是颜科，这鞋也是他的，不过我是替他保管……不，是我拿他的。"卫晟南无语伦次，"上次学校篮球比赛，我给我们校队加油，颜科摔伤了，送进了医院，混乱之中鞋就被我拿了回来，一直忘了还给他了。"卫晟南编了个不太具有可信度的瞎话。看着卫母将信将疑的样子，她放缓了语气，主动接过卫母手里的袋子，"徐老师不知道这事，如果你这么着去找他，他不定怎么想我呢，我还有法子在实验班待吗？这都快文理分科了，而且马上要一模考试，你可别影响我模考。"

卫晟南知道这是卫母的软肋，她现在最在乎的就是卫晟南的模考。果然卫母没了刚才的冲劲儿，表情也逐渐舒缓下来。

"你可小心点儿，这马上要高三了，你别干出格儿的事儿。"卫母叮嘱。

"知道了知道了。"卫晟南赔着笑，把手提袋往身后一背，免得卫母再想起这茬儿。

"鞋明天还给人家。"卫母又叮咛道。

卫晟南一边答应着,一边把卧室门关上,顺便把卫晟北揪进来:"是你告的密?"

"不是不是,"卫晟北解释,"咱妈要找她的一件旧衣服,见你的柜子锁着,就私自开了,结果就看见里面的鞋了。说真的,这鞋是你男朋友的?"

"瞎说什么,才不是。"卫晟南嘟哝着,把鞋装进书包里。

卫晟北缠了她一夜,央求她告诉,卫晟南半梦半醒地说:"是不是的,我们今天都吵架了,没什么好讲的。"

"为了什么吵啊?"

卫晟南被她问得清醒了,她在黑暗中睁着眼睛,望着双层床的床板。

"是有第三个女人?"卫晟北贼兮兮地探出个脑袋。

卫晟南烦躁地翻了个身:"没有,不是。"

卫晟北用手拨了拨她的头:"你说不是,那就是啰。哎,你那个男朋友长得帅,看样子家里也有钱,喜欢他的女生肯定不少……"

卫晟南的脑袋嗡嗡直响,她敲了敲上铺:"你哪来那么多心得,赶紧睡你的觉!还有,他不是我的什么男朋友!"

"切,说真的,你真得改变下自己的形象了,要不然别说第三个女人,第四个第五个都有可能……"

卫晟北的声音如魔咒一般。

卫晟南干脆把枕头压在耳朵上,耳根子清净了,心却隐隐作痛。

9

老徐这天来得很早,在教室外面站着,冷冷地监视着学生早读。

第一节就是他的课,他没等打铃就直接进了教室。

"还有二百多天就高考了,按天数算很遥远,但按年数也就不到这个数。"老徐伸出一根手指,众人感到一阵紧迫感。

"父母花钱把你们送到学校来,是让你们来好好学习的,不是来搞些邪门歪道的!"老徐的怒气来得突然,黑板擦往桌上一砸,粉尘四溅。

"校规第五条写着,禁止男女同学有超出同学情谊的行为,可有些人就是要犯规!"老徐的话令不少同学都噤若寒蝉,其中就有卫晟南。大部分同学还是好奇的,左顾右盼,好奇老徐说的是谁。

"刘海耀,你收拾书包回家吧,实验班盛不下你,请另谋高就吧。"老徐铁青着脸说。

全班哗然,谁都没想到会是他。刘海耀是班上理科成绩最好的学生,没想到竟被老徐抓到了把柄。

刘海耀一直面色惨白,刚出去没多久,只听一声闷响,接着坐在门口的姜媛惊叫着:"救人啊!"

老徐奔了出去,跟出去的还有几个男生,其中就有颜科。卫晟南出来探望,发现刘海耀晕倒了。

颜科掏出手机拨打急救电话,救护车很快来了。他和另一个男生帮着救护人员把刘海耀抬上车,泪眼蒙眬的姜媛也要跟车去,老徐知道姜媛是刘海耀的表姐,便招了招手:"车坐不下了,卫晟南,你带着姜媛再打辆车。"

"让姜媛上来吧,我跟卫晟南打车过去。"颜科想起身给姜媛让座,老徐没容他站起,便把车门砰地关上了。

卫晟南搀扶着姜媛往校外走,觉得她轻极了,整个人都是飘忽状态,姜媛边走边说:"他有脑血管瘤……"

两人走走停停，终于打到了车，火急火燎地赶到了301医院。刘海耀已转移到病房，两名医生通知老徐尽快把病人的家属叫来，一会儿要进行会诊。

"这个脑血管瘤严重吗？会不会影响他高考？"老徐焦急地问。

医生用清冷的目光看着老徐说："他得的是颅内动脉瘤，应该是第二次破裂出血，不赶紧手术的话，以后生活都成问题。这个手术只有老院士能做，但他已经退二线了，不知能不能请来。"

"老院士好像出国旅游了。"另一名医生说。

"回来了吗？"两名医生边走边召集神经外科的大夫。忽然颜科在人群中响亮地说："回来了，在家呢。"

众人目光转向颜科，老徐警告他："这可不是你抖机灵的时候。"

"同学，你说什么？"医生怀疑地望着颜科。

"我说，他出国旅游回来了，若是需要，我把他老人家请过来。"颜科双手抄着兜儿说。

10

老院士从车里颤巍巍地下来，颜科扶着他往医院里面走。一路上所有穿白大褂的都立住，夹道欢迎他。这是卫晟南第一次见到季老院士。

离得近的向他颔首问好，离得远的报以微笑，他们无一不是毕恭毕敬，主动让道。进了神经外科科室，十几名各种身份的医生都喊他季老师。

会议室门关上了。姜媛哆哆嗦嗦地说："颜科，谢谢你。"

"没想到你姥爷就是301医院的院士。"同来的男学生感叹，"听说季院士在S大学的医学院任教，那你将来想当医生岂不是很方便？"

颜科什么也没说，老徐见他们聚在一起聊了起来，扬扬手："好了，你们回去上课吧，颜科和我在这儿守着。"

姜媛立刻说自己不愿意走。其实卫晟南内心也是不想走的，她想跟颜科待在一起，哪怕有其他人在，哪怕刚吵过架。

最后姜媛留了下来，卫晟南和那个男生一起回学校，路上他一个劲儿感叹："没想到颜科居然是季老院士的外孙，亲外孙。"

"那又怎样？"说的遍数多了，卫晟南烦了。

"那又怎样……"男生叹了口气，"那就代表颜科跟咱们不一样呗。"

"有什么不一样，他还比咱们多了一只眼不成。"卫晟南说。

"何止是多了一只眼，他还多了鼻子嘴耳朵胳膊腿呢，名门之后啊。"男生说完，沉默不语了。

一回教室，几乎所有的同学都七嘴八舌地问卫晟南什么情况。她拣重要的说了说，就回位子坐下了，耳边全是有关刘海耀暗恋其他班女生，把没送出去的情书夹在日记里被抓包的事儿。

最后一节课是老徐的，大家自习。快放学的时候，老徐带着颜科回来了。

"我要做检讨，"老徐沉重地说，"本想要吓吓他，让他请家长就算了，没想到出了这事儿。"

他叹了口气，一身疲惫地坐下，忽然想起了什么似的，又站了起来："颜科，你跟田瑶换换位子。"

所有人一愣，颜科说："我坐这儿挺好，不想换。"

田瑶见颜科不动，本已经站起来的她又坐下了。

"我觉得你坐在那儿不合适。"老徐拉下了脸，面色乌青。

两人僵持着，卫晟南偷偷瞄了眼颜科，压低声音说："先换过去，别惹老徐。"

果然老徐生气了，他一声吼："你给我站起来！"

颜科闷不吭声地站了起来，然而态度并不好，歪着头。老徐憋着口气，说："下面我们上课，上节课我们讲了导数的几何物理意义，课后习题里的附加题大家都做了没有？"

底下泛泛几声回应，然而老徐心有不甘地故意找碴："颜科你做了没有？"

颜科还是不说话，并且由直着站换成了懒散的斜倚，靠着后面的桌子。

"你上来把题抄一遍，然后写解题步骤。"老徐说。

老徐似乎在自取其辱，颜科一点儿反应也不给他。全班安静极了，还不曾有人敢这样挑战老徐的权威。

"上来！"老徐几乎是咆哮了。

颜科终于听了他的话，大步流星地走到黑板前。老徐把习题往他怀里一扔，他拿着，但不往黑板上写，也不动。

"行啊，颜科，真行。"老徐冷笑，他指着卫晟南说，"卫晟南，你跟田瑶换！"

卫晟南的脑子嗡的一声响了，她吓得全身血液都凝固了。

"她不想换！"颜科也大声说。

"你想干什么？！"老徐与颜科怒目相对，他们一个少年，一个中年，一个高，一个矮。老徐仰着头看着颜科，浑身散发的气焰不比颜科弱。

"刘海耀已经那样了，你为什么还非要这么做？高考成绩比一切都重要吗？"颜科激动地说。

"你威胁我？"老徐一声冷笑，"高考或许对你不重要，但是对别人很重要，你也没什么了不起的，犯不着指责我。反正你也不要前途了，好好的理科生材料，竟报了文科，你说你怎么想的？"

卫晟南惊诧地望着讲台上的两人。

颜科似乎很介怀老徐的话，他忽然就退让了，从讲台上走了下来，把乱七八糟的书和书包甩到桌子上，搬着桌子和田瑶换了座位。

胜利的老徐不动声色地抬抬嘴角，语气恢复了平静："下面，我们来讲附加题……"

这节课，卫晟南再没心思听了。她几次抬头望望颜科的背影，但都没看到。尽管他个子高，可还是被同学们堆在课桌上高高低低的书遮住了。

11

颜科搬走后，卫晟南大约有一星期没跟他说话。班里报文科的学生陆续走了，肖婷婷和蔡情都选了文科，但没分在一个班。她们走后的头几天，卫晟南很不适应。

分开后才怀念当初的好，并且淡化了从前的不愉快。一到下课，她们就约在走廊见面，凑在一起说话。

"你还没跟颜科和好吗？"蔡情问卫晟南，"前几天我在体育馆碰见颜科，说实在的，我觉得颜科现在变得好陌生。"

"他换了座位，我几乎碰不到他了。你怎么会觉得他陌生，你们不一直是铁哥们儿吗？"

蔡情下巴抵在栏杆上，目光眺望着远方："就因为是哥们儿啊，哥们儿之间不聊感情，就是一起玩而已。"

"哎，说实话，你们到底是为了什么啊？"肖婷婷也问。

卫晟南想起沈嘉林的话，欲言又止，但经不住两人询问，只好说了实话："贾丹丽喜欢颜科，她这次回国，就是为了给颜科庆祝生日。"

说完，又觉得每个字眼都长着刺，扎得她不舒服。

"又是这个女人。"蔡情咬牙切齿地说，"怎么都跟贾丹丽有关系？！"

"就是，过个生日而已，非从国外跑回来。"肖婷婷也跟着骂。

下课的时间非常短，三人说不了几句话就要告别了。临走时蔡情往卫晟南后背一掐，打趣道："美女，说真的，你摘了眼镜后真的越来越美了。帮我留意着沈嘉林，他的每一句话都要向我汇报。"

说完蔡情先走了，剩下肖婷婷吞吞吐吐的，像是有话要说。

卫晟南大致能猜到她要说什么，没等她开口就说："我也帮你看着薛中天。"

肖婷婷忙说："不不，我不是要你看着他，我想看看有没有和好的机会……"

这下轮到卫晟南欲言又止了，她见郭梦琳来找过薛中天几次，好像还带着自制便当。

看着肖婷婷憔悴的面孔，卫晟南拢着她的肩膀，走到没人的角落："你这是怎么了？之前不还好好的吗？"

"之前还在一个班里，每天都能看见他，虽然很少交流，但也……现在分了班，我都见不到他了……"

卫晟南心疼地拍了拍她的头："我想办法让你们见一面。"

"别让人觉得太刻意，好像我离不开他似的。"肖婷婷央求。

卫晟南点了点头。

上课的时候，卫晟南脑海里盘旋着肖婷婷哀怨的脸。她扭头看了看薛中天,他在靠窗的位子,全身被阳光笼罩着,衣服白得发亮。

卫晟南给颜科写了张纸条。

"哎,肖婷婷真的很可怜,我们想办法让他们聚一下,别落了刻意。"

纸条传出去,卫晟南才想起来没署名。她盯着纸条传到了颜科手里,见他接了纸条就回复了,纸条飞快地传了回来。

"你说了算。"

约的这天有雨。卫晟南一个个拨电话确认,大家都有些懒懒的,不过还是都应了,说一定来。颜科家的电话始终无人接听,卫晟南抱着赌一赌的心态,撑着伞去了大排档。

大排档搭了雨棚,卫晟南老远就看到颜科撑着伞在雨棚下站着。她顿时心情大好,走过去才想起他们在冷战,于是把脸上的表情放淡了几分。

"怎么不进去?"卫晟南收了伞与他并肩站着躲进雨檐下,没想到她低估了自己身体的厚度,还是有雨水蹭着她的鼻尖往下流。

颜科笑笑,说:"等你啊,怕你看不到。"

说着颜科把自己的伞往卫晟南的方向倾斜,将她整个人都拢在他撑着的荫庇下。

与他靠得很近,能嗅到他身上淡淡的肥皂香气,卫晟南只觉得这瞬间实在美好。

"雨这么大,他们恐怕要迟到。"颜科伸出手来接落下的雨。卫晟南看到了那串手链,雨滴划过越发晶莹。

"没想到你肯带啊。"卫晟南摸了摸冰凉的贝壳,心生欢喜。

"你亲手穿的,我当然要带,再丑也要带。"颜科急忙表明心意,"我每天把它挂在床头,睡觉之前再盘一遍!"

"盘一遍?"

"对,都盘出包浆了,你看……"颜科把手腕递到卫晟南面前,卫晟南伸手打落。

"又夸张,你不夸张能死吗?"她笑。

颜科忽然靠近,歪着头打量她。卫晟南不好意思了,微微偏着头躲闪了一下:"你干吗?"

"笑了。"颜科孩子气地说,"前些天你好像个内分泌紊乱的中年妇女,不说话也不笑,吓死人了。"

"去你的。"卫晟南用肩膀撞了下他,他身子歪了歪,但手臂仍直直地举着伞。

"是是是,我是内分泌紊乱的妇女,贾丹丽是有智慧的女海归,你跟我在这站着淋雨干什么?快回去找她呗。"卫晟南白了他一眼。

"又不是我让她回来的,她自己跑回来向沈嘉林要了我生日会的地址,我能怎么办?把她扔回去?"

卫晟南冷笑一声:"苍蝇不叮无缝蛋,你这话说得好像跟你一点儿关系也没有似的。"

"卫晟南,你是不是存心的?"颜科恼红了眼睛,"如果我故意招她了,哪怕有一丁点儿,天打五雷轰。"

卫晟南被他的犟劲儿吓了一跳,从未见过他如此生气,想说两句软话,张了张嘴也不知从何说起。

"我从来没有喜欢过她,从来都没有!"颜科大声说,"你要为这故意疏远我,那我可冤枉死了。"

卫晟南望着他因着急而显得窘迫的脸,忽然心中多了点儿什么,使她没有勇气继续与他对视。

老板端着锅泔水从雨棚里走出来,瞥了两人一眼说:"身上都淋湿了，还不进屋？"

卫晟南这才发现颜科的另一半身子在雨中淋着。

"进去坐着等吧。"卫晟南说。

12

两人找了个位子坐好。卫晟南说："我可不敢冤枉你，从前算是我错了。"

她的胳膊淋湿了，坐在通风处觉得冷，颜科便把外套脱下来披在她的肩上。

一股暖意笼罩着她，她不知道该怎么处理这么暧昧的场面，只好低声说了句谢谢。

赴约的人陆续到齐了，抱怨着今天的雨天，连肖婷婷也在抱怨，卫晟南真不知道怎么说她好了。

沈嘉林与蔡情挨着坐，沈嘉林又是一副不情愿但又不得不屈从的模样。肖婷婷和薛中天中间隔了田瑶和江海，两人互相不认识一般，脸各自向着另一边讲话。加上卫晟南和颜科一共八个人，吴晓磊生病了没到。

气氛有些怪异，雨棚里温度高，大家双颊都红彤彤的，好似喝了酒一样。

"这盆辣子鸡还是不够辣，"薛中天说，"辣子鸡不放辣椒，就像麻辣烫不放麻不放辣一样。"

卫晟南心中一凉。肖婷婷因为脸上爱起痘痘，很少吃麻辣烫，就是吃，也不放辣椒，几乎是清水煮。

"你说谁呢？"肖婷婷果然上钩，重重地拍了下桌子。

"没说谁，别对号入座。"薛中天语气不怎么好听。

"中天,大家都高高兴兴的,你别扫了大家的兴。"颜科出面圆场,"分了班,今天咱们好好聚一聚,往后课业越来越紧了,下次再聚还不知道什么时候呢!"

"对啊,中天,别闹情绪了。"江海也说。

"能不闹情绪吗?出门时老徐打电话说一模分数下来了,我上网一查,几乎是全班倒数了……"薛中天沮丧地说,"我什么时候成绩这么差过了?就这破天气,这破成绩,我心情怎么好呀?!"

一听说成绩下来了,大家纷纷紧张起来,开始掏出手机查分数。卫晟南没有手机,颜科拿出他的递给她:"你先查。"

卫晟南接了手机又递还给他,忐忑地说:"你先查……"

这次的题难,卫晟南觉得自己可能要栽,所以不敢看。颜科笑笑,低着头摁了几下键,待网页弹出来,慢悠悠地说:"不错呀。"

卫晟南在一边说:"那祝贺你了。"边说边焦虑地撕扯着嘴皮。

颜科把手机往她面前一放:"自己看。"

"你怎么知道我的准考证号?"卫晟南诧异地拿起手机,只听见颜科得意地说:"我记性好,过目不忘呗。"

看了分数,她心里咯噔一声。理综分数刚过及格线,英语和语文不错,数学尚可,在班级排第23名。

怎么办?卫晟南失神地想,比上次分科考试排名下滑了十名。以前有文科科目傍身,加在一起勉强在前十名晃悠,文理分了科后,她的短板一下就暴露了。

看出卫晟南神情不对,颜科说:"23名不错啦,这可是实验班,你的全校排名不是在107名吗,要知道学校理科班一共一千多人哎!"

卫晟南没说话,她眨眨眼,缓解了一下模糊的视线。

"你怎么样?"江海问颜科。

颜科挠挠头，还没开口，手机已被性急的薛中天抢了去，喊道："哎哟，了不得。"

他把手机展示给众人看，颜科全班第一，年级第三。卫晟南匆匆扫了一眼，由衷地替颜科高兴，但也隐隐为自己担心。

"所以说，成绩这个样子，何以解忧，唯有辣子鸡！"薛中天叫老板重上了最辣的口味，给每人都盛了一碗。卫晟南悄声数着，发现他也给自己盛了一碗，忙说："我不吃辣。"她怕吃了会上火长痘，也怕晚上晚自习肚子疼没法听课，总之她需要担忧的事情挺多。

"出来玩嘛，开心点儿，大家都吃。"薛中天劝她。

"我帮她吃。"颜科不动声色地把碗挪到了自己面前。

薛中天没说话，又盛了一碗，往卫晟南面前一放。颜科再次把碗挪到了自己面前。

"颜科，咱们从小就是朋友，你说现在你到底是哪一边儿的？"薛中天是那种一生气脸就发白的人，这会儿他脸色苍白，好像随时都会倒下一样。

颜科不说话，也没有给卫晟南任何压力，但卫晟南已经明白了。薛中天是在怪颜科，同样是朋友，卫晟南为了肖婷婷，把大伙聚在一起，而颜科则为了卫晟南，把薛中天强行带了过来。

"我问了你好几遍，她来不来，你说没有她，"薛中天指着肖婷婷，"还嫌我不够尴尬吗？"

"本来就是你错了，好好跟人道个歉，以后做朋友不行吗？"

薛中天嘲讽一笑："做朋友？别站着说话不腰疼，你能一辈子只喜欢一个人？"

薛中天把手里的杯子往地上一摔，一手撑着桌子，闷不吭声地冲向颜科，膝盖撞落了大部分盘子和杯子。在他即将揪住颜科领子时，沈嘉林和江海拦住了他。

虽然江海与沈嘉林也都人高马大的，可按住一个倔性子的大男孩也有点儿难度。颜科压低声音说："大家都是朋友，以后多难堪。"

"行，那以后我薛中天跟你们不再是朋友，省得你们难堪。"说着，薛中天把手握成拳头，重重地往桌面上一砸，摇摇晃晃地往外面走。

颜科追上，拉住薛中天的胳膊问："薛中天，你还是爷们儿吗？"

"别拦他，让他走！"肖婷婷声嘶力竭地喊。

"你爷们儿，你们都是好爷们儿。"薛中天挣脱开颜科的手，摇摇晃晃地走进雨中。

众人看着一桌狼藉发呆。外面的雨越来越大，只听见急促的雨声砸在雨棚上。

13

因为理科成绩提不上来，卫母让卫晟南再选一门课补，她想着语文和英语，再选一门，总分能上去就成。

卫晟南没说什么，默默选了英语，好歹能见到蔡情。

蔡情与肖婷婷一样，瘦得很厉害，气色也不好。两人坐到靠后的位置，悄悄说话。

"你英语那么好，怎么还来补习？"蔡情问。

"还不是我妈，她从小有个当工程师的梦，自己没实现便把梦想放在了我身上。可我随我爸，理科不好，所以她想让好的更好，总分能达标就行。"卫晟南边做笔记边说。

"那你呢？"蔡情把头枕在胳膊上，眼睛看着卫晟南问。

"我就来了，不来没辙。"卫晟南说。

"不是，我的意思是，你的梦想是什么？"蔡情问。卫晟南意外地看了看蔡情，见她不像是在开玩笑，卫晟南咬着笔头儿想了想，说："我之前一直想学文科来着，但上次见了颜科的姥爷季院士，他让我突然茅塞顿开。我想当一个值得让人尊敬的人，就像季院士那样，回医院的路上，好多人喊他教授或老师。"

"那你就当个医生呗。"蔡情说。

"你呢？"

蔡情不好意思地笑笑："我就想嫁给沈嘉林。"

卫晟南差点儿笑出声，两个人捂着嘴笑，笑得桌子一直抖。

"别笑我，你就没想过要嫁给谁？"蔡情压低声音问。

卫晟南想了想，摇了摇头。

"哎，我觉得颜科不错……"话还未说完，就被卫晟南用胳膊肘戳了一下，蔡情哎哟两声，"你干吗？手那么重。"

"谁要嫁给他，我要当自由女战士。"卫晟南说。

蔡情慢慢地说："说真的，颜科对你挺不错的，我没见他对哪个女生这么上心过。"

卫晟南脸红了，用书遮着脸傻乐起来："你神经病啊，说这些……"

"我是认真的，你不觉得颜科粲然一笑的样子，特别阳光吗？"

卫晟南想起他在雪地中打雪仗的样子，明明是腊月寒冬，他转过头一笑，眼神明亮，一瞬间，雪沙飞扬的天立刻成了温暖的仲春。

下了课，两个人结伴往家走，走到一条胡同里，迎面被三个女生围住了。为首的是个长得蛮漂亮的长发女学生，看校服应该是实验中学的。

"你们谁是蔡情？"左边的女学生问。

"你们想干什么？"卫晟南拦住要上前报大名的蔡情，警惕地问。

"你是蔡情？"三个人顿时来了精神，步步逼近。

"她不是，我是。"蔡情把卫晟南往身后一挡，"什么事？"

长发女看上去就不是善茬，她推了蔡情肩膀一把："离沈嘉林远点儿。"

一听到沈嘉林三字，蔡情来了精神："哟，你说远点儿就远点儿，你算什么东西！"

卫晟南吓得腿都发软了，但是怕蔡情吃亏，仍昂首挺胸直直站着，与她们怒目相对。

还没等卫晟南反应过来，蔡情喊道："好女不吃眼前亏，跑啊。"两人甩开她们，蔡情说，"我记得颜科家在这附近，咱们去那儿躲躲。"她腾出只手来边打电话，边回头看着身后。

卫晟南还没来得急发表意见，她就已经被拖着来到一所三层小别墅前。颜科已经在门口等着了，看见她们俩，赶紧让她们进来，把门关好。

三人趴在门后，听着外面的声音渐渐远了，这时卫晟南才注意到，她与颜科离得很近，颜科的脸与她的鼻尖也就一寸距离，他的眼睛亮晶晶的。

"行啊你们，这是被追杀了？"颜科揶揄卫晟南，"你现在简直了不得了。"

卫晟南发现他跟平时不太一样，穿着简洁的居家服，整个人气质也不一样了。颜科家装潢虽然低调简洁，但很多小地方十分用心，窗帘沙发都是浅色系布艺的，落地灯很多，屋子的采光也很好。

"你家人呢？"蔡情问。

"我爸有三台手术要做，我妈出去跟人打牌去了。"颜科给卫晟南找了双拖鞋，非常大。

"怎么蔡情的拖鞋那么好看？"卫晟南看着脚下又大又灰的男式拖鞋问。

"蔡情穿的是客用的，你穿的是我的，要不我也给你换客用的？"颜科解释。

卫晟南的心微微一动，没再坚持。颜科弯腰把拖鞋的位置摆好，方便卫晟南穿。卫晟南脱掉自己的鞋，抬起一只脚，有些站立不稳。颜科下意识伸出个胳膊给她支撑，卫晟南正要扶着，但忽然觉得不好意思，就势扶住了墙，换上了颜科的拖鞋。

颜科问："你们喝什么？我来准备。"

"可乐。"蔡情把自己扔在了沙发上。

"我也要可乐。"卫晟南说。

"怎么不喝盐水了？"颜科揶揄她，"运动过后应该补充盐分啊。"

可乐端上来了，他还细心准备了零食和果盘，水果切得大小均匀，颜色搭配得让人食欲大增。

三人聊了一会儿，卫晟南看看时间，她该去补习数学了。

"正好，我也要回家了。"蔡情眨眨眼，"走吧。"

颜科换了鞋要送她们。蔡情回家本有一段与卫晟南同路，见颜科送着，笑嘻嘻地借口要打会儿游戏，低头进了一家网吧。

卫晟南觉得尴尬极了，留蔡情没留住，只好与颜科拉远了距离，慢慢往补习班走。

"哎，我教你个诀窍吧，保证二模考试时你理综和数学分数能上来。"颜科笑眯眯地说。

卫晟南下意识去扶眼镜架，才意识到她已经习惯了隐形不再戴有框眼镜了。她忙把手拿开，做若无其事状，问："什么诀窍？"

颜科神秘地说："一般人我不告诉的，把整本书都背会就行了。"

"背会整本书？"卫晟南诧异地问，"你理科那么好，就是把整本书都背会了？"

"当然不是，我理科好是因为智商高，这可是智商低的人想要高分的法宝，不信你试试。"

"你！"见颜科又拐着弯奚落她，卫晟南用书包砸向他的后背，被他躲了过去。

"你这个人，我是认真的，"颜科委屈地说，"真是好歹不分。"

"你才好歹不分。"

"你好歹不分，我对你那么好，还整天冷着脸，离我又那么远，好像我很臭似的。"颜科说。

卫晟南一撇嘴："你这是在撒娇吗？"说完自己脸倒红了，她还是火候不够，想学蔡情与他逗乐，自己却闹了个大红脸。

两人走在几乎无人的胡同里，因为刚落过雨，地面有点儿水洼。偶尔一两个骑着单车的学生路过，洒下一溜儿清脆的车铃，美好极了。

卫晟南想了想，岔开话题："老徐说你报了文科，是真的吗？"

颜科点了点头："如果你选文科走了，我在班里也怪没劲的，反正我聪明啊，学文学理都能考个好学校。你就不一样了，若是要你留下来，将来不定考成什么样呢。"

"哎，你这人。"卫晟南又好气又好笑，不知道他是真聪明还是假聪明。

"好了，我到了。"卫晟南站在补习班门口与颜科道别。这节课卫晟南听得格外恍惚，满脑子都是颜科的背书理论。

两节课结束了，卫晟南疲倦不堪地揉着眼，待学生几乎走空才抱着书包往外走。刚好老师进屋拿东西看到她,眉毛一挑,问道:"卫晟南,听老师们说你把补习班几乎全报了?"

卫晟南点了点头。

"术业有专攻,也别逼自己那么紧。"老师安抚她。

卫晟南报以微笑。出了门,她老远看到颜科在木槿花树前站着。颜科见她出来了,微笑看她走过来。

"你一直都在门口等着?"卫晟南诧异地问。

"也没有一直,中间去了会儿网吧,算着时间来的。"颜科老实地说,"我送你回家。"

两人慢吞吞地往卫晟南家走,边走边聊着班里的事。卫晟南想起了刘海耀,问起他的情况。颜科把从姥爷那里得来的消息跟她说了下,手术进展得很顺利,如果恢复得好,不会耽误他高考。

"你姥爷可真了不起。"卫晟南赞叹道,"令人敬佩。"

"他这人其实挺严厉的,我们从小都怕他,自从退休后,他性格好多了。大概是因为在大学里带博士生的原因,脾气都磨没了。听我爸说,当年他追我妈的时候,吃了不少苦头。我妈是S市人,我爸是我姥爷的学生,毕了业跟着我姥爷进了S大学附属医院的神经外科,和一帮师哥师姐做项目。有一回我妈给我姥爷送饭,正赶上我姥爷有台重要的手术,我爸接待了她。姥爷手术做了五个小时,两个人在外面站着聊了五个小时,然后一拍即合,好上了。"颜科自顾自地继续说道,"刚开始是瞒着我姥爷的,后来我妈跑医院跑得太勤了,终究还是被发现了。但我姥爷不同意他们俩在一起。"

颜科讲得眉飞色舞,卫晟南听得入神:"为什么不同意?"

"因为我爸就是个越城来的穷小子,我姥爷怕女儿跟了他受委屈。结果没用,我妈还是嫁到了越城。你是知道的,越城的人都想进S市，因为接壤，都以自己是半个S市人沾沾自喜。可我妈偏要往外走，我姥爷气得几年不见我妈，扬言要跟她断绝父女关系，要不是后来有一个重要人物登场，恐怕到现在我姥爷也不愿意原谅我妈呢。"

卫晟南见他又不讲了，紧接着问："哪个重要人物呢？"

"就是我啊！"颜科大笑，"我出生了啊！姥爷见我又英俊又智慧，觉得儿女这辈子没指望了，就把所有的希望都寄托在我的身上。学校一放假他就来越城，主动要求做保姆，什么也不干了，专门带外孙。"

卫晟南撇撇嘴："又扯到你自己身上了。"

"因为我是重要人物啊！"颜科笑道。卫晟南喜欢他粲然一笑的样子，好像五月的阳光。

"说真的，颜科，我特羡慕你这股自负的劲儿。"卫晟南由衷地说。

"自负？你损我呢？"颜科皱皱鼻子。

卫晟南摇摇头："刚开始觉得你傲慢自负，现在发现不是，你只是活得自在和舒展，让我很羡慕。"

"亏你语文学得好，就是活得自由呗，"颜科说，"卫晟南，你才多大点儿，怎么活得皱巴巴的呢？"

卫晟南听了没生气，反而哈哈大笑起来，因为他说得挺形象的，于是给他比了个大拇指："讲真的，颜科，你挺有语言天赋的，没准儿将来能当个作家。"

"真没准儿，我要成了作家，就写写你。"颜科大言不惭地说。

卫晟南不好意思地说："写我，我有什么好写的？"

"我写一个女孩子，名字叫什么都不敢小姐。"

"有叫这名字的吗？"

"哎，想象力，懂不？"颜科戳了戳卫晟南的太阳穴，"这个什么都不敢小姐从小就是个胆小的小姑娘。爸爸告诉她，要听妈妈的话，天黑之前要上床睡觉，作业一定要当天写完，成绩不能跌出前三名，头发不能超过耳朵尖！妈妈告诉她，要听爸爸的话，老师们都喜欢对人生有规划的学生，所以你要出人头地，不要和游手好闲的人一起玩耍，要知道玩物丧志的例子比比皆是！爸爸和妈妈都告诉她，在学校要听老师的话，将来参加了工作就要听领导的话，一定要花心思提高自己，努力工作，老板看到了一定会给你升职！于是什么都不敢小姐真的什么也不敢去尝试，老老实实按照众人的喜好塑造自己，要求自己。慢慢的，什么都不敢小姐真的什么也不敢了，她胆小极了，不敢表达自己的诉求，不敢说出自己的喜好……"

"那后来呢？"

"后来什么也不敢小姐结婚生子，过得并不开心，时常想如果当初不那样做，结果会不会好一点点，于是什么也不敢小姐变成了后悔小姐。"颜科的声音越来越低，干脆陷入了长时间的沉思。

卫晟南喂了一声："你是不是在说我呢？说我现在干什么事都畏首畏尾，将来就会变成个怨妇？"

颜科望向她，眼神里有一丝哀伤："不是，我在说我妈。"

"对不起，我以为你又在变着法儿损我呢。"卫晟南有些慌乱。

颜科停住了，他怜爱地望着卫晟南，似乎变了个人般，郑重其事地说："卫晟南，我向你发誓，以后再也不损你了。"

看着他这么认真的模样，卫晟南竟有些感动，扭捏着说："怎么突然……"

"我突然想起来，嘲笑你是不对的，你是弱势群体，我应该保护你，爱护你。因为智商，你已经在人世间受尽了苦楚，我不应该再落井下石……"

话还没说完,卫晟南举起书包就要砸他,偏他反应快,砸不中。卫晟南拿出在篮球场上的精神劲儿,追着他满胡同跑,跑了一会儿她停住了,再想追也不跑了,因为前面马上就到她的家了。

"我要到家了,不跟你闹了。"卫晟南喘着气说。

"去你家玩会儿呗。"颜科没心没肺地说。

卫晟南摇了摇头,她走在前面:"我回去了,你不许跟过来。"颜科果然就站住了脚步,不往前走了。

卫晟南走几步回头看一眼,他还在原地站着,手抄着兜。卫晟南心想自己可能确实错怪他了,颜科虽顽劣,可还是懂分寸知深浅的。直到卫晟南到了家,偷偷从楼上的窗户往下望,发现颜科仍旧站在那儿,站了好一会儿才走。

于是卫晟南放心地躲在窗帘后面,静静地目送着颜科离开。这个颜科与平时在学校里的他不同,这个他亲近得犹如家人般,令卫晟南很有依靠感。很多年后,卫晟南都无法再找到这种感觉,更无法忘却这个傍晚,以及送她回家的高大男孩的背影。

14

二模考试前一天的晚自习,教室内安静极了,只有一片轻轻的写字声和纸页翻动的声音。颜科传过来一张小纸条,上面写着:心理负担不要太大,正常发挥就是稳赢。

卫晟南把纸条往书中一夹,好似服了定心丸,抬头撞上颜科往后看的目光,两人相视一笑。

次日卫晟南早起精神状态极佳,要考的几门课的书都装在书包里,想着进考场前也能看一看。她提前来了半小时,走廊上的学生也都还在温书。

颜科不和她一个考场,但在同一楼层。他看到她站在人群中,嘴里还念念有词,特意绕到她的身边,笑道:"真的在背书?"

卫晟南认真地说:"真的,反正怎么着都没法再提高分数了,病急乱投医,试一试才知道灵不灵。"

没说几句话预备铃就响了,两人互相道别。卫晟南进了考场,准备把书本和笔记放到讲台上。

忽然她看见颜科从走廊匆匆跑过,路过卫晟南的考场时,卫晟南看到他的表情又慌张又焦虑。

"你去哪儿?"卫晟南脱口而出,但颜科早已跑远。

"坐下。"监考老师厉声说道。

卫晟南的直觉告诉她肯定出事了。她坐回椅子上,心里却非常慌乱。

不行。她又站了起来。

"老师我出去一下。"卫晟南请示说。

"考试马上要开始了!"监考老师不留情面地说。

卫晟南咬着下唇,她想起了颜科的那句话:你才多大点儿,怎么活得皱巴巴的呢?

于是她把准考证和笔往桌子上一扔,生平头一次违抗了老师的命令,头也不回地追着颜科去了。

颜科跑得速度太快了,卫晟南喊了几声,他回了头,折返回来。本以为他会夸奖自己,没想到却被他劈头盖脸一顿训:"干什么呢?怎么不好好考试,你知道自己在干什么吗?"

卫晟南没理他,上气不接下气地问:"怎么……怎么了……"

颜科很着急,拖着卫晟南的手腕,边跑边说:"蔡情给我打电话,说她出车祸了。"

两人出校门打了辆车，大约二十分钟后拐进了一条残破的胡同里。这里是老城区的中心，从前也曾繁华过，但如今断壁残垣，墙壁上到处贴着小广告。卫晟南都不知越城还有这种地方。

蔡情半跪在一个土墩子旁边，脸色苍白，浑身是水。她看见卫晟南跑过来眼圈立刻红了，放声大哭。

卫晟南心疼地握住她的一只手，问她："你怎么样啊？哪儿伤着了？"

"我腿疼得厉害，出了一身汗。"蔡情说话都费劲，上气不接下气的，原来她身上那些不是水，而是疼出来的汗把衣服浸湿了。

"我看像是骨折。"颜科查看着她的伤腿，膝盖骨中央凸出一块，导致上下两截腿都不在一条平行线上。

卫晟南几次想要扶起蔡情都没成功。

颜科阴郁地把蔡情背了起来，卫晟南从后面扶着蔡情。

三人往外面走，卫晟南边走边给蔡情擦汗。蔡情这会儿已经意识模糊了，脸色也由惨白转为蜡黄。

"晟南，他来没……"蔡情虚弱地问。

卫晟南知道她问的是谁，小声安抚她："他要来，说一会儿就来医院……"说完心中一阵内疚。

蔡情摇了摇头，努力睁开眼："不，别让他来……考试呢……一会儿你们也回去……"

大概是太痛苦了，蔡情昏了过去。卫晟南流起泪来，既心疼蔡情，又可怜她都这样了，还想着别耽误沈嘉林考试。

坐在出租车上，卫晟南伸手向颜科借手机。

"什么事？"颜科把手机递给她。

"我要给沈嘉林打电话,让他到医院来。"卫晟南声音不大,颜科头一次在沈嘉林的问题上保持缄默。

把蔡情送进医院,两个人在外面等,卫晟南给沈嘉林打电话。

"是我。"卫晟南焦急地说。

"哦,晟南。"沈嘉林听出了卫晟南的声音,态度颇为惊讶。

"蔡情骨折了,现在在医院里,你来看看她吧。"卫晟南带着哭腔说。

听筒那边很安静,卫晟南知道他不想来,有点失落,又替蔡情悲伤。

颜科接过手机,瞥了卫晟南一眼,转身说了几句话,匆匆挂了电话。

"他一会儿就来。"颜科笃定地说。

"你怎么说动他的?"卫晟南问。

颜科眼睛望着前方,轻描淡写地说:"我告诉他,你要不来,就错过了一个用真心换真心的朋友。"

15

关于朋友的定义,卫晟南一直都拿蔡情、肖婷婷做模板。所以,初入职场的卫晟南到工作单位的第一件事,就是给所有的同事分类,看哪一些贴近蔡情和肖婷婷,然后尝试着靠近。

刚参加工作,难免要受领导的气。因为消毒针头没能及时补齐的事情,被领导骂了一顿,卫晟南在手术消毒室里掉眼泪。忽然一个人进来,她慌忙拧开水龙头洗手冲胳膊,那人看了卫晟南的手一眼,问:"以前学过乐器?"

卫晟南木然地点了点头:"你怎么知道?"

"男朋友从小学小提琴,手跟你一样,看着柔弱,但实际很有力气。"那人性格开朗,冲卫晟南伸出来一只手,"我叫姜琴,比你早来一年。"

卫晟南握着姜琴的手,心中的不快消散了许多。

姜琴比她早参加工作一年,她就像夏日的阳光一样,每天都干劲儿十足。听同事们闲聊,大家都觉得姜琴待不久,因为她是院士安排进来的,是院士的孙女。

"本来想实习期结束,拿了毕业证书就走人的,但没想到干了这么久,还真爱上了这行,暂时还想做下去。"对此姜琴丝毫不掩饰自己的想法,她跟卫晟南说道,"我家人都很尊重我的决定,身后有人支持,是件幸福的事。"

姜琴继续自说自话,卫晟南呆呆地看着滔滔不绝地表达自己的姜琴,羡慕着她的自信与坦荡。看得出她是从小富养的女孩子,与人相处知道分寸,也清楚自己想要什么,并且自信能够通过努力争取到。

说毕,她问卫晟南有没有男朋友。

卫晟南摇了摇头,这是自她高中后,头一次尝试着想打开心扉,告诉别人她和颜科的故事。

后来两人约了周末逛街聊天,卫晟南坐地铁提前赶到了两人约定的地点。姜琴由男朋友送来,因为堵车还未到,卫晟南只好站在商场门口无聊地玩着手机。

正玩着,姜琴电话打来,让她回头。

卫晟南回过身看到姜琴从一辆银色路虎上下来,冲她挥了挥手。她弯腰与车里的人告别,但车掉了个头,在路边停下来了。

车门打开,一名身着暗蓝色格子大衣的男子从车里出来了。他个子很高,肩背挺得笔直,卫晟南感觉他走路的姿势很眼熟。

距离卫晟南还有两三米的时候,他摘下了墨镜,微笑着说:"卫晟南,好久不见。"

卫晟南飞快地在记忆中搜寻他的模样。像他,可她不敢认。

"我是沈嘉林啊。"卫晟南没认出他来,沈嘉林有些意外,无奈地自我介绍说。

16

逛街取消,三人尴尬地坐在咖啡馆里。这是卫晟南高中毕业后第一次见沈嘉林,不,应该说,模考之后,第一次见沈嘉林。

"快十年了。"沈嘉林在桌子对面感慨。十年了,他的变化非常大,个子蹿得很高,五官褪去了少年的柔美,多了些男性的阳刚。他的眼神不再清澈单纯,多了一些沧桑,残留的少年沈嘉林偶尔会在某个瞬间显露,但稍纵即逝。

"是啊,你没参加高考就出了国,那时候大家都很羡慕你……"卫晟南说。

"你这人,真会装哎。我常跟他讲起你的,但是他也够坏的,从没跟我说你们是高中同学,我说今天怎么偏偏想起送我来逛街了。"姜琴直截了当地问,"说,你当初是不是暗恋人家卫晟南来着?"

卫晟南慌忙辩解:"没有,那时候……"她本想说那时候自己又丑又蠢,怎么可能与沈嘉林有什么纠葛。

沈嘉林自然而然地把话接走了:"她那时候是我们学校里最讨人厌的一个家伙的女朋友,谁敢惹?"

"怎么会是最讨人厌的一个家伙呢?晟南那么优秀,应该是学习成绩优秀的帅哥才对,我看你是嫉妒他吧……"

姜琴与沈嘉林斗着嘴，甜蜜又自然，看来他们过得很幸福。可不知为什么，卫晟南心脏的某个位置正隐隐作痛，蔡情的笑容浮现在她的脑海中。

是的，这种折磨人的酸楚是嫉妒，她在替老友蔡情嫉妒面前这个幸运的女孩子，能够与沈嘉林大方地十指相扣。

蔡情，你真是个傻子。卫晟南望着笑靥如花的姜琴，心如刀割。

姜琴去洗手间的空隙，卫晟南挑衅地望着沈嘉林，质问道："怎么，不是贾丹丽？"

沈嘉林看见卫晟南这副表情笑了："你虽然留长了头发，也晒黑了，但这副表情依旧没变，好像随时准备去就义一样，充满了革命的热情……"

"我没有开玩笑。沈嘉林，姜琴在这儿，我本不想当个讨厌的人。"卫晟南说。

沈嘉林撇撇嘴，卫晟南继续说："你知道我不想跟你吵，那时你突然甩手走了，算什么？"

沈嘉林依旧没说话。

"你知道吗……"话没说完，姜琴出来了，卫晟南把余下的话咽了回去。愤怒瞬间就没了，她突然意识到自己失态了，已经十年了，她为早已经销声匿迹的蔡情，向沈嘉林讨伐什么呢？

如今的他学成归来，在金融街做风险投资，有了院士的孙女做女友，人生步入了正规，一切都完美极了。她难道要做一个破坏者吗？

沈嘉林与卫晟南对视了几秒，见她态度强硬得犹如一块石头，抬手喊服务生买单。

街是没心情逛了，卫晟南强颜欢笑地陪着姜琴买了一堆东西。沈嘉林在姜琴试衣服的时候主动与卫晟南攀谈，但都被她躲了过去。

天终于黑了，尽管姜琴再三坚持先送卫晟南回家，可还是被她十分坚决地回绝了。逃也似的回到租住的小屋，卫晟南翻出相册，找到蔡情的照片，对她说："蔡情，你啊，你个傻子。"

她抿了抿嘴唇，心想自己可能太小心眼了，蔡情那么爱沈嘉林，应该是希望他过得好的。

现在的沈嘉林的确过得挺好的。

这天晚上，她梦见了蔡情，英气逼人，那是美丽动人的少女蔡情。

得知姜琴与沈嘉林的关系后，卫晟南刻意地疏远着姜琴，姜琴也是聪明人，两人彼此心照不宣。

卫晟南主动提出值下午的班，这样就能与负责上午查房的姜琴错开，可没想到最后还是要与姜琴值同一晚上的班。

半夜，卫晟南给一个病号做完雾化回到休息室后，看到姜琴面对着窗户站着。姜琴听到动静回了头，一双眼睛哭得红肿。

"我跟他分手了。"

17

姜琴的红眼睛像两枚发炎的伤口，她瞥了卫晟南一眼，快速逃离了办公室。卫晟南喊了一声，但她没有回头。

卫晟南不想失去这个朋友，所以下了班她没走，坐在诊室外的出口等姜琴。

等了半小时，没等来姜琴，面前不知何时站了个高高大大的身影。

沈嘉林衣着整洁光鲜，头发全往后梳，露出饱满光洁的额头，双目有神，不像是刚失了恋的人。

沈嘉林往手术室的方向看看，对卫晟南说："你在等她？"

卫晟南点点头。

沈嘉林左右看看，诊室前多为等候的家属，他说："我们出去等吧。"

两人刚出医院大门，沈嘉林看到卫晟南脸上的表情就笑了，他问："你是想替谁讨伐我，姜琴还是蔡情？"

卫晟南气得胸口锐疼，迈着大阔步，愤慨道："真不知道倒了什么霉，世界上女人那么多，你偏偏来祸害我的朋友。"

沈嘉林拦住卫晟南，一辆车与她擦肩而过，呼啸带风。

"走路看着点儿，你要是被车撞死了，恐怕有人要伤心了。"他悠然自得地走在前面。

两人在对面的功夫茶馆坐定，服务员上来问他们要喝什么茶。

"你要喝什么？"沈嘉林把菜单摆在卫晟南面前。

"我不喝茶，喝了睡不着觉。"卫晟南没好气地说。

果然。沈嘉林嘴角一丝微笑挂起。

"你笑什么？"卫晟南警惕地问。

"有人告诉我，说你喝了茶睡不着觉。"沈嘉林对服务生说，"我要菊普，我自己来泡。"

"吉普？"卫晟南压低声音重复了一遍，"吉普不是车吗？"

"菊普，菊花加普洱。"沈嘉林耐心地解释，解释完他笑了，"这种感觉又回来了，你还是那个卫晟南。刚见到你的时候，我还不敢认的。"

茶上来了，沈嘉林先给了卫晟南一杯白水，然后自己泡，表情认真且有耐心，动作熟稔。

"谁告诉你我喝茶会睡不着觉的？"卫晟南问。

"嘘。"沈嘉林示意了她一下。

他不说话，也禁止卫晟南说话，解释说泡茶时不能乱说话，要心怀敬意。卫晟南给了他一个白眼。

沈嘉林瞄了一眼卫晟南脖子上的围巾,笑而不语。

"我刚回国的时候,公司已经是第二轮融资了。总部把我派遣回来,说是在国内磨炼三年,再回去就可以入股了。家里人也想让我回国,于是我就回来了。最初很不适应,这里的规矩和人情世故跟国外完全不同,做得很不顺利。本打算打道回府的,但在一次商业宴会上,你猜我看见了谁?"

"谁?"卫晟南悻悻地问。

沈嘉林瞥了一眼卫晟南:"颜科。"

卫晟南如鲠在喉,烦乱地用手拨弄着茶碗。

"他一直都在S市金融街远洋国际,是我们公司下一步要合作的对象,于是我们就联系上了,他帮了我许多。"

沈嘉林眼前浮现出颜科盛满讥笑的脸。

沈嘉林看了一眼处于暴躁与焦虑中的卫晟南,问:"你跟颜科再没见过了吗?"

卫晟南摇摇头,又点点头,说:"有时候会碰到,但不是经常。偶尔开组会会遇到。"

沈嘉林又瞄了一眼她的围巾:"不如哪天组个局,大家一起见见面。"

卫晟南直接说:"叫上蔡情吗?"

沈嘉林好似被卫晟南捅了一拳,龇牙咧嘴道:"卫晟南,你也是工作了的人了,不知道成年人要控制自己的情绪吗?"

卫晟南颓唐地说:"在单位里要夹着尾巴做人,跟你们还不能敞开心扉,活着还有什么意思?"

沈嘉林一摊手:"学学我啊,万花丛中过,片叶不沾身。我是刚分手的人,你看负面的情绪会对我有什么影响吗?"

卫晟南一怔,她知道沈嘉林从少年时代就罕有令他情绪波动的事情。小时候不觉得有什么,如今再从他口中听到这样的话,不禁一阵寒战。

"你不也跟我一样吗?对越在乎的人就越克制,吝啬得好像葛朗台。"

"我不像你,很久以前就不再像了。"卫晟南轻轻地说,"有两个人彻底改变了我,一个是颜科,另一个是蔡情。"

沈嘉林微微一怔。

"蔡情她过得怎么样?应该碰上一个爱得死去活来的人,步入婚姻殿堂了吧?"沈嘉林望着桌面说。

"不知道。"卫晟南咬着牙说。

"不知道?"沈嘉林往前探了探身,很稀罕似的,"你们不是姐妹淘吗?"

卫晟南抬头看了看他,柔和的灯光下,他的头发和睫毛都带着层淡淡的光晕。养尊处优的生活犹如一把利刃,将他与现实生活切割得干净利落。模考结束后他就离校了,从此与越城,与蔡情的故事彻底断了联系。

卫晟南敏感的自尊心莫名其妙地涌了上来,她收拾了下东西,站起来对沈嘉林说:"你出国那天,刚好是高考快要结束的时候,蔡情为了去追你,考试一结束就跑去机场了,之后毕业典礼没来,也没跟其他人联系过,包括我。"

她走出两步,再回过头,强忍住哽咽,说:"听说因为腿没痊愈就跑去机场,旧疾复发,她……她的腿再不能跟正常人一样……"

卫晟南稳定了下情绪,似乎看到了操场上微笑着看足球比赛的蔡情。

蔡情留长了头发,扎着低低的马尾辫,俏丽的大眼睛被阳光照得颜色泛棕,犹如琥珀。一只足球滚落到她的脚边,远处的人喊话,让她踢过来。

她徐徐站起身,一瘸一拐地走了两步,把足球踢了出去。

在最好的年纪,她的腿坏掉了,犹如一棵青郁的树,因为意外死了半边。

"现在,你还能做到万花丛中过,片叶不沾身吗,沈嘉林?"

S市的最后一班地铁上,卫晟南坐在空无一人的车厢中,疲惫得昏昏欲睡。突然她被一首旋律舒缓的曲子吸引住了。

抬起头来看移动电视,英国女演员Keira Knightley(凯拉·奈特莉)手持吉他,微闭着眼睛,在哼唱一首英文歌曲,名字叫作 *A Step You Can't Take Back*(无法挽回)。

"To take a step you can't take back...You can't take back...(踏上永不回头的征程……你不会回头……)"

卫晟南的眼睛开始泛潮,她不知道自己这是怎么了。

18

一个周末,沈嘉林约颜科打球。他特意请人清了场,篮球馆只有他们两人,与颜科一对一。

沈嘉林刚开始是处于优势的,他带球进攻的时候,颜科好像突然按下了什么按钮,动作灵敏起来。沈嘉林一个不留意,颜科就把球劫走了。

"哎,你这是使诈。"沈嘉林抹着下巴上的汗,指着运球至篮下的颜科大声喊道,"你小子学坏了。"

"什么坏不坏的,赢了的就是大爷。小时候你就打不过我,现在还是打不过我。"颜科一个漂亮的三步上篮,轻轻一托,球进了,还是空心球。

沈嘉林只觉得天旋地转,他虚弱地支撑着身子回场边椅子上坐下,拿了瓶水喝。

"怎么了?心事重重的,难道是因为姜琴?"颜科把球抛给沈嘉林,"我当初介绍你俩认识的时候就警告过你的,她那样的女孩谈恋爱就是奔着结婚去的。我家里是希望我们俩能好的,但你也知道对我们家给我安排的事情,我一向是……"

"是是是,知道你叛逆,行了吧?不是因为她。"沈嘉林说,"世界就是那么小,你猜我碰见谁了?"

颜科没说话。

"卫晟南。"沈嘉林抬头看颜科的表情。

颜科无动于衷。

"你知道?"

颜科笑笑,拍拍沈嘉林的肩膀:"不然你以为呢?"

"你让你姥爷把她调过来的?"

颜科摇摇头:"不是。我也没想到她会来 S 市的医院工作,是我姥爷来这边讲课的时候,发现她来听才告诉我的。那时候我在北京工作,还以为姥爷被我妈撺掇着想骗我回去做医生。后来亲自来了一趟,才知道的。"

"所以你就申请来了 S 市。"

颜科喝了口水,又说:"她自己工作认真努力,人也聪明。刚开始在公共卫生部门,后来我姥爷的旧友把她调到自己身边亲用了。"

"你没帮一点儿?"沈嘉林八卦地问。

颜科不好意思地说:"想帮,可没敢帮,也没有能力去帮。她如果想买一批医疗器械，我倒是可以帮帮她，但她是临床。"

"她知道吗？"

颜科眼前浮现刘默柏院士的问句，也是这样的语气："她知道你为她做的这些事吗？"

颜科摇了摇头："我不想让她知道。"

"你们后来有没有见过？"沈嘉林问。

颜科说："我换工作后，在一次展销会上见过她。"

那次展销会，主办方邀请颜科来发言。稿子是助手写的，他没能脱稿，草草念了几句下来，坐回第一排偏左的位置。还未坐定，耳边一个声音说："颜大才子不行啊，功课没做熟。"

他扭头一看，竟是卫晟南。她剪了头发，发梢在锁骨下方一点点，仍旧是直发。

两人许久未见，只聊了两句便陷入了沉默。他看看卫晟南椅子背后贴的名签，又看看自己的，说："如果咱们以前不是同学，现在也会认识的吧？"

卫晟南挑了挑眉毛："怎么说？"

"你看这次不就碰上了吗？座位还挨着……"颜科龇着牙笑，但卫晟南的神情懒懒的。

"这个活动我是替领导来的。你怎么干这个了？你家里不都是干临床的吗？出了你这个'败类'，他们能忍受得了？"卫晟南不知为何怒气冲冲的。

颜科没接话，两人专注地听着展销会的人演讲，却各怀心事。

会议快结束时，颜科动作缓慢地收拾着衣服，其实没什么可收拾的，就一件外套而已。他想问问卫晟南散会后有没有其他安排，看她不紧不慢地把本子、笔、会议记录等东西按顺序排列，依次放入大小搭配合适的袋子中，围巾叠成整齐的方块，终于把话问出了口："你这次出差，单位还有别的安排没？"

卫晟南摇摇头："没了。"

"那你……"

"我直接回酒店。"卫晟南直视着他说。

"那我们一起出去吧？"颜科谨慎地寻找着措辞。他敏锐地察觉到卫晟南变了，可具体哪儿不一样了，他说不清楚。可能是眼睛里有了异样的神采，这是一种他在学生时代不曾见过的神采。

卫晟南竟然点头同意了，她与颜科并肩往外走。

这时几个合作方代表上来把颜科堵住了，他们一脸急切，想与颜科深度探讨一下未来的合作方向，并表现出要一起吃饭的架势。颜科真想把他们轰开，可这是生活不是小说，他也不是霸道总裁，便打算先客客气气地把他们体面地打发走。他的眼睛时不时瞄着卫晟南，她似乎在与一个人闲聊，于是他才把心放稳，平和地与几个代表周旋。

颜科突然发现了一个不纠正可能会给公司造成损失的漏洞，便多说了一会儿。卫晟南走过来，大方地说："打搅一下，我这边还有事情先走了，你们继续。"

她的眼睛没在颜科身上停留。颜科还没反应过来，实际上，他遇到卫晟南就会失去平时的机灵，这次更是，最后只傻傻地跟她挥了挥手。迟了几秒反应过来，想追上去，可是他已经完全走不开了。

不过这也可能是颜科潜意识里并不想追上去，他无法处理好与卫晟南的关系，她与从前完全不一样了，就像一个陌生人。

颜科回去后十分后悔，因为他没有留卫晟南的联系方式，应该要张名片的，怎么那么粗心呢？

他向展会负责人要卫晟南的名片,但负责人只给了个电话号码。

"她是替刘默柏女士来的,没有留具体的联系方式,只有这个电话号码。"

颜科把号码储存在手机里,终究没把电话打出去。

"那你为什么不告诉我蔡情的事情?"沈嘉林质问。

颜科的思绪被扯回现实。他没说话,看了看沈嘉林,把塑料瓶准确无误地抛进了垃圾桶。

"告诉你干吗?让你同情她吗?恐怕她宁愿死,也不愿意要你的同情。"颜科说。

"你知道我为什么喜欢姜琴吗?因为她有时候会让我想起蔡情。真奇怪,见过的人越多,越觉得蔡情可贵。她热情单纯得好像只会燃烧自己,照亮别人。"

"那个别人不就是你吗?我就奇了怪了,你既然喜欢她,为什么不跟她在一起呢?"颜科试探地看了一眼沈嘉林。他们虽然会偶尔一起出来玩,但很少交流这些。

"我的家庭你是知道的,我的恋爱和婚姻不是自己能够控制得了的。蔡情她入不了我家人的法眼,我也给不了她什么。既然今后没有保障,为何不在一开始出现问题的时候就掐灭了,省得后患无穷呢?"沈嘉林望着颜科,真诚地说,"有时候,真的很羡慕你,敢与一切为敌,这份破釜沉舟的勇气,我恐怕是没有的。"

颜科嘲讽一笑,也真诚地对沈嘉林说:"别提什么破釜沉舟的勇气,你不往前冲,是还没碰到让你不顾一切的人,说白了还是不够爱而已。"

沈嘉林没言语,抄起手边的球,奔回球场。颜科没跟上,他好似被人抽空了全部力气,静默地看着沈嘉林运球上篮。

沈嘉林遇到她了。颜科从水箱里拿出瓶水，一口气灌了下去，冰凉的液体沿着他的喉咙流淌下去。

他当然知道卫晟南在S市，而且也知道她租住在距离单位不远的旧筒子楼里。她总是第一个到单位，刮风下雨也从不迟到早退，并且经常加班，认认真真，兢兢业业，似乎她手头做的这件事非常重要，非常有趣，就像她高中时期一样。

颜科是从小散漫惯了的，自从进了老徐的班，遇到学习认真刻苦的卫晟南，他对她好像打量显微镜下的微生物般好奇。

卫晟南。他轻声念着她的名字，这三个字在无数个漫漫长夜中陪伴着他。他也曾回到越城，有意无意地碰见过她，有一次她喝得烂醉，是他把她送回了家。

再次见到卫母，颜科有些犯怵。他畏惧这名意志坚定得可以敲碎一切的女人，也佩服她为了女儿的未来，像豹子一样敏捷利索地清理着女儿前面的障碍。

多年前卫母夜晚来到他家，与母亲谈判的样子他到现在还记得。那一晚下了场声势浩大的雨，好像老天爷都在为她助威呐喊。

"既然送回来了，那我谢谢你了，也请你快点离开吧。"卫母把卫晟南安置好，语气冷淡地说，"有时候忘性大也是件好事。"

颜科默默地把瓶子捏变了形。

两人打完球去了对面一家小酒馆。

"沈才子出国镀金归来，发现'土炮'同学已经遥遥领先了，什么感觉呢？"

"别嘲笑我了，当初你也可以跟我一样出去读书的，只不过放弃了而已。怎么，这么多年了，还没结果？"沈嘉林喝得有些多了，饭店折射得的光让他显得醉意蒙眬。

颜科抿抿嘴。他少年时期好胜的样子沈嘉林还记忆深刻,在学校里,没他解决不了的问题。但此刻他好像很为难,所以故意岔开了话题,说:"跟中国人谈生意,喝威士忌这套是不灵的。"

"受教了。"沈嘉林举起杯子,"我们继续?"

颜科放下了手里的杯子,说:"不了,我明天还要参加婚礼。"

"婚礼?"

"老同学的婚礼,还记得肖婷婷吗?她结婚了。"

沈嘉林哦了一声:"她呀,是跟薛中天吗?"

颜科摇摇头:"当然不是了,少年时期的感情有几个能走长久的?"

"那你不上班了,明天回越城?"

颜科点点头。

沈嘉林故意点破他:"你什么时候跟肖婷婷交情那么深了?恐怕是醉翁之意不在酒吧?"

"也是好久没回家了,回去看看。"颜科被人戳中软肋,解释道。

"得了吧,你们全家都是医生,就出了你一个做生意的。我太了解知识分子家庭的毛病了,恐怕你现在是你家最不受欢迎的人吧?"

颜科笑笑,起身准备走:"咱们散了吧,我回去还要开会,跟几个部下交代点儿事。"

两人出门,寒风逼人。颜科从拎包中取出一条厚实的绿色围巾,感慨地说:"冷啊,记忆中好像没有哪个冬天这么冷的,"他若有所思地补充了一句,"高考前的那个冬天好像就挺冷的,在越城。"

过了一会儿,他补充道:"过了年我想换个工作,有家医院聘请我去他们的医学器械公司做总经理,给我百分之二十的股权,只不过……"

"只不过什么?多好的机会。"

颜科说:"只不过要离开越城,离开S市。"说完他把目光投向灯火辉煌的S市。S市的夜景很美,高大的建筑犹如后现代艺术品般,在暗夜的背景下熠熠生辉。在S市的某个小屋子里,有他一直记挂着的女生。

第四章

世间始终你好

1

因为他们送蔡情去医院了,有两门课的分数是零分。卫晟南和颜科在办公室门口站着,双方父母在听老徐训话。

颜科本想安慰下卫晟南,但她一直低着头,他看不清楚她脸上的表情。他有些内疚,当时应该阻止她跟过来的。

办公室本来是安静的,但自从他们父母进去后,说话的声音开始加大,而老徐的声音越来越模糊不清了。

"没想到那个是你妈妈,我之前见过她的。"卫晟南低声说。

忽然一个女高音喊了起来:"你说谁仗着有俩臭钱就目中无人呢?含沙射影的觉得自己聪明极了是吗……"

两个人开始往办公室门口凑,颜科比卫晟南还急,卫晟南更多的是害怕。

颜科拧开门把手冲了进去,卫晟南也跟着进去了。

卫母坐着,其余人都站着,她的脸色不太好。卫晟南小声喊了句妈,站到她的身边。

"你说说,"卫母把身体重心移向卫晟南,"你说说怎么就缺考了,考试的时候,你去哪儿了?"

颜母听罢一声冷笑。

"是我嫉妒卫晟南成绩比我好,我……"颜科着急替卫晟南转移火力,"我故意使诈坑她的。"

"颜科,你撒这么低水平的谎,是在戏弄我们的智商吗?"老徐给气笑了,问道。

"颜科,说实话。"颜父语气平淡地说。卫晟南很意外地看了颜父一眼,她没想到全办公室最冷静的人是他。

"实话就是卫晟南本来不想……"

"好了,"卫晟南站了出来,她不知哪来的勇气,迎着所有人的目光镇定地说,"我们共同的一个朋友来学校路上被车撞骨折了……"她避去了前因后果,"我们把她送进了医院,然后等她家人赶来就回来了,但考场不让我们进了。"

"哟,那这是好人好事了。"老徐敲打着卫晟南。

卫母紧接着卫晟南的话往下问:"她腿骨折了怎么不找她爸妈,还要跟你们说,让你们越俎代庖,脱了裤子放屁,多此一举啊?"

卫晟南不吭声了,她不想说太多有关蔡情的家事。事实是,那天她给蔡情父母打了电话,他们都在外地打工,而她奶奶对蔡情的安危漠不关心,到最后也没有来医院。沈嘉林并没有立刻赶到,他是考完试才打车来的,是卫晟南和颜科一直在医院守着。

颜科也不再接腔,两人石像一般沉默着,听着两方父母外加老徐的斥责。

回家路上,卫母还气着,卫晟南几次想挽着卫母,都被她甩开了。

"以后不许跟这些乱七八糟的朋友一块玩,听见没!什么蔡情、颜科,统统不许。"卫母声色俱厉地说。

卫晟南唯唯诺诺地嗯了一声。

第二天,全校都传遍了卫晟南与颜科双双逃离考场的英雄故事。卫晟南拎着水果去看望蔡情的时候,把流言跟她学了一遍,蔡情笑着说:"以这帮人的想象力,还上什么学呢,做编剧不好吗……"

卫晟南把二模答案和卷子都留给了蔡情,让她别落下功课。看着她吃了饭,才回学校上自习。还没进教室,沈嘉林堵住了她:"你出来下,我有话跟你说。"

卫晟南探头往教室看看,颜科的位子空着。她先把书包放座位上,才跟着沈嘉林绕到走廊偏僻些的角落,等他说话。

"你去看蔡情了?"沈嘉林声音很低,卫晟南要靠得很近才能听清。

她点点头:"蔡情的状况好多了,伤筋动骨一百天,恐怕要耽误三模考试。没人照顾她,我只能偶尔去一两趟,我妈管我挺紧的。"

"那以后,我一三五,你二四六,这样行不?"沈嘉林说着掏口袋,"我给你点钱……"

"不不不,探望她的这点儿花费我还是有的……"但没能推动,沈嘉林执意把钱往她的口袋里一塞,动作有些急,有些狠。他情绪看上去略失常,但又极力克制着。

"你怎么了?"卫晟南问。

沈嘉林没回答,径直走了。

颜科晚自习没来,班里秩序一如既往。卫晟南时不时望下他空荡荡的位子,只觉得少了点什么似的。放了学,她做贼似的用教学楼下的IC卡电话机给颜科打电话。颜科的手机号早已经烂熟于心,她就着微弱的光,确认身边没有任何人,才把数字一个个敲出来。

响了七八声,卫晟南的心脏都要跳出来了,差点要放弃的时候,那边颜科懒洋洋的声音响了起来:"喂,哪位?"

她用手紧握着话筒,结结巴巴地说:"是我。"

"等会儿。"颜科立刻听出了她的声音,窸窸窣窣的声动响后,他说要换个地方说话。

"这是你头一次给我打电话,"颜科的声音中透着喜悦,"你没在家吗?这是哪里的号码?"

"我怎么敢在家里给你打电话,这是学校楼下的公用电话。"卫晟南问,"你今天为什么没来上晚自习?"

颜科嗯了一声,并没有解释为什么没来,反而问:"你知道我在哪儿跟你说话吗?"

"哪儿?"卫晟南心想该不会是在洗手间吧。

颜科轻轻笑了一声,说:"我站在阳台上,能看到学校的教学楼,虽然看不到你,可是能望见楼下的路灯。你是在第几个路灯下的电话亭打电话呢?"

卫晟南数了数:"第四个。"

又一阵窸窸窣窣声后,颜科说:"好了,现在在第四个路灯与我是180度角,如果没有中间高高矮矮的楼,你就能看到我打电话的样子。"

卫晟南抿嘴笑笑,颜科的某些行为有些幼稚,却又像烛火一样,有微弱的温暖。

颜科问:"你怎么还没回家?这么晚了。"

"一会儿我妈来接我回去。既然你没事,我就挂了,明天你来上课吗?"

"当然来了。"颜科说。

"那好,拜拜。"卫晟南迅速挂了电话,因为她远远看到卫母进了校门。她急忙迎上去,喊了声,"妈,我在这儿呢。"

"怎么出来这么晚,你在里面干什么呢?"卫母盯着卫晟南的脸,又往她身后看了看。

"做题忘了时间,我们回去吧。其实你不用来接我的,我可以跟同学一起回去。"卫晟南做贼心虚,想赶快把她拉走。

卫母干巴巴地笑了一声:"同学,哪个同学?从今以后,我跟你爸轮流来接送你。"

见卫晟南不吭声了,卫母怕给她太大的心理压力,换了副姿态谆谆教导说:"晟南啊,最近你变了许多。不是妈妈说你,你自从跟那些人混在一起后,成绩下降了,也不听话了,这马上要高考了,你知道爸妈心里多着急吗?你考不上好的大学,跟考不上没有区别的。别抱着侥幸心理。你跟颜科他们不一样,他们就是没考上,靠着家里的关系也能找个事情做,咱们家你能指望谁呢?难不成接你爷爷的班,在学校当个老师吗?连管自己孩子的时间都没有,成天就知道泡在学生堆里……"

这些老生常谈的话,卫晟南听得耳膜都要起厚茧子了。她不知为何突然想起了颜科,有一次老徐在班里训话,颜科就在底下无声地跟着背,几乎一字不差,学完颜科冲她微微一笑。

"我跟你说话呢,听见没有?"卫母站住了说。

卫晟南啊了一声,跟着停下来,却看到卫母背后五六米远的地方,颜科往树影里一躲。见卫晟南已经看到他了,颜科索性探出个脑袋,冲她做了个鬼脸。

不知道他跟了多久,看他表情应该没听到卫母与她的对话。

卫晟南拉着卫母往家走,手在身后用力摆了摆,意思让他赶紧走,果然再回头时,颜科不见了。

他走后,她心中有些落寞,只有看到他,那块空缺才圆满。

2

三模前的周末,卫晟南边忍受着卫母的唠叨,边做卷子。电话铃响了,卫母赶走凑热闹的卫晟北,亲自接起电话。

"找卫晟南?"卫母往卫晟南这边看了一下,卫晟南的心脏悬了起来。

她又用那套说辞回:"卫晟南在写作业,没什么事以后再说吧。"

但这次卫母意外地没挂电话,过了一会儿,她把电话往桌上一放:"卫晟南,过来接电话。"

拿起话筒,不是颜科,卫晟南紧张的肩颈才放松下来,舒了口气。

"我在收拾东西,家里有一些书,我想你应该用得上,你今天有时间的话可以来我家拿走。"沈嘉林说。

卫晟南看见卫母阴沉的脸,胆怯地说:"不去了,好多作业没写呢。"

沈嘉林说:"那我一会儿给你送去。"说完挂了电话。

卫晟南老实向卫母汇报:"一个同学,一会儿过来给我送书。"

"什么书?"

"他说是能用得上的,应该是学习上的书吧。"

"这人怎么平白无故给你送书?你们一个班的话,应该是竞争关系吧?你比他考得好了,对他有什么好处?"

卫晟南知道卫母一定会过度联想,她把自己的门掩上,继续做题,背后卫母的唠叨声小了许多。

沈嘉林到的速度还挺快,因为卫晟南搬了家,具体地址他不知道,所以卫晟南下来接了接他。

他是打车来的,后备厢里的两摞书码得整整齐齐,用绳子捆扎着。他指着矮的那摞:"这是我高中三年的笔记,还有我觉得还不错的习题,大部分都做完了,还有详细的步骤。这边是我收拾出来的小说和散文,有外文版的,也有中文版,你喜欢就留着,不喜欢……"

"你这是干什么?"卫晟南隐隐有种不祥的预感。

沈嘉林把书拎下来:"呵,还挺沉。"

"你把书都给了我,自己怎么办,你是不是……"

"我拿到了加拿大X大学的offer(录取通知),就不参加高考了。"沈嘉林像是害怕卫晟南追问似的,一口气说完,"大概六月初离开,我爸的一个同事在那边接应,机票已经订好了。班上只有老徐和你知道,别告诉蔡情,她伤还没好,等高考完再告诉她吧。"

卫晟南有许多话要问,张嘴却什么也问不出来。两人站了一会儿,卫母出来了,见地上两摞书,两个人谁也不说话,就喊卫晟南:"你进去写作业去。"

"妈,我还有话要跟他说。"

"有话你现在说。"

"我也是有隐私的人!请你尊重我一点好吗?"卫晟南突然爆发了,对着卫母大声喊道。这是她头一次顶撞自己的母亲,竟然有种难以遏制的快感。

卫母被卫晟南的模样吓了一跳,她没想到一向逆来顺受的女儿会在外人的面前对着她大吼大叫。沈嘉林见状,慌忙说:"阿姨,您别误会,我跟卫晟南是普通的同学关系。这不我要去国外念书了,这些书和笔记用不着了,给卫晟南一些,希望她高考能有个好成绩。我走了。"

卫晟南追着沈嘉林问:"你不去跟蔡情告别吗?她如果知道你

不辞而别，一定会很难过的。还有颜科和薛中天，你们之前不一直都挺好吗？即使有矛盾，也不是说不可化解的啊……"

"卫晟南，如果离别是一定的，告别的场面再好看有什么用呢？"沈嘉林笑笑，与卫晟南挥手告别。

"再见。"他说。

这是少年时代的卫晟南最后一次见沈嘉林。她设想过很多次毕业时大家告别的场景，可没想到沈嘉林先走了。

她觉得愤怒，却不知道为了什么。觉得失落，却无能为力。

身后卫母一直在问，如果真的是普通同学关系，平白无故给那么多书干什么？是不是里面夹着什么东西？卫母边说边开始一本本检查，卫晟南懒得与她纠缠，站着等她一本本检查完，把书和笔记搬回了卧室。

沈嘉林的字迹如同他本人一般干净清爽，他分别用不同颜色的笔记下了重点和非重点，看起来一目了然。不得不说，这是一份宝藏。她从柜子里取出一摞笔记本，认真地把沈嘉林记的重点誊写下来。她要给病床上的蔡情一份，她也知道，不能告诉蔡情沈嘉林走了的事情，否则按照蔡情的性格，还不知道会做出什么事情来。

3

颜科接替沈嘉林的班，与卫晟南一同给蔡情送饭和笔记。但他执行了两天就擅自改了规矩，一三五他来，二四六他也要跟卫晟南一起来。卫晟南说："那何必多一个人在旁边站着，如果你要二四六来，我就不来了。"

"不不，你要不来，那我也不来了。"颜科说，"一个人怪无聊的。"

卫晟南心里还是很高兴的，她再三跟颜科强调："沈嘉林走了的事情，不要跟蔡情说。"

"她伤好一点，回了学校，肯定会发现的啊，早晚都要知道。"颜科说。

卫晟南说："能瞒多久是多久。"

到了蔡情的病房，卫晟南有些胆怯。果然进去后，蔡情发现不是沈嘉林，眼睛里的小火焰熄灭了。

"他呢？"蔡情倒是直接。

"他啊……他被老师叫去开成人典礼筹备会了。"卫晟南低头小声说。

颜科看了下腕表的时间，开始给蔡情讲今天的复习重点。大约用了二十分钟，两人告辞。

临出门的时候，蔡情喊住了卫晟南："颜科，你先走吧，我跟卫晟南说会儿话。"

卫晟南把门关好，坐回蔡情床前。蔡情试探地问："晟南，我觉得不太对，心里慌慌的。我们昨天说好的，今天他怎么突然就不来了？"

卫晟南不擅长撒谎，照她从前的性格，肯定已经把事实说出来了，没准儿还好为人师地给蔡情上一课，但现在她张不开嘴。

于是她微笑着说："他真的挺忙的，你也知道他一直都是学生楷模，什么事老师们都喜欢找他帮忙。再说了，成人典礼办好了，对他毕业点评也有好处，没准儿就被保送了，你说呢？"

蔡情听话地点了点头，顺从地躺回到床上。

"所以啊，你也要好好学习，努力一把，考个好成绩，这样你们俩就更般配了。"卫晟南说这话的时候倒是真心的，她希望蔡情能越来越好。

两人又说了会儿闲话，卫晟南告辞。开了门，医院的走廊上空无一人，声控灯在她脚下一盏盏亮起。走廊的出口处颜科站着玩手机，看到卫晟南过来，抬头粲然一笑。

"你没走吗？"卫晟南问。

"你没走，我当然不走了。"颜科说。

真是亲极反疏，两人只觉得最近感觉更近了，可是有许多的话却无法说，只静静地走着。快出医院的时候，卫晟南喃喃地说："蔡情挺可怜的。"

颜科说："自己选择的罢了，没准儿人家快活着呢，你又不懂。"

"喜欢的人即将远走他乡，还要瞒着她，她会快活？"

颜科挠挠头："也是，沈嘉林有时候真不男人。"

卫晟南停住脚步，颜科与她错开了两步，也停住了。两人在车水马龙的繁华街市上站着，眼中只有彼此。

"如果是你，你会怎么办？"卫晟南终于问出了一直所想。她惴惴不安地看着颜科，"如果是我们，你怎么办？"

问完，她觉得周围的声音不复存在，一片死寂。

颜科收起了笑容，瞬间严肃起来。他看着卫晟南，声音平淡地说："很简单，你在哪儿，我就在哪儿。"

身边的车鸣人声轰然入侵了卫晟南的周身，她笑了。

"下雨了。"不知谁喊。雨说下就下，他们都没带伞，颜科脱下外套搭在头上，护着卫晟南。卫晟南心跳得厉害。

快进教学楼的时候，他们站在屋檐下，看着密集的雨，不舍得进教室。进了教室就意味着两人一前一后，看不到彼此。

黑暗中，他们看不清彼此的脸。

"伸出手。"颜科的声音在雨的背景音中很清晰。

卫晟南紧张得双手冰凉。她手掌向上，颤颤地往上抬起。

颜科用食指在她的掌心上缓慢地写着字，她的眼睛看不清，心却是清楚的。他的指尖温热地滑动，一撇一捺，犹如写在她的心上，她的生命中，她的灵魂里。

她将其珍藏在自己的记忆深处。

4

你在哪儿，我就在哪儿。

卫晟南从梦中醒来，胸口隐隐发痛。

已经有一段时间不再梦见他了，但今晚又好似回到了少年时，梦里他还是那副阳光开朗的模样，静静地看着她写作业。

吴处给她打电话，通知她尽快回 S 市。卫晟南问起缘由，他支支吾吾不肯说，一定要面谈。卫晟南与他视频，才知道刘默柏退休了，不再返聘。

卫晟南愣在视频这边，吴处还以为画面卡住了，挥舞了两下手。

"新来的领导自己带的团队，我已经被架空了。你再不回来，恐怕也要跟我一起走了。"

呼风唤雨的刘默柏居然也有这一天。

卫晟南听着吴处絮絮叨叨地讲着部门的剧烈变动，心思已经回到了 S 市。

"你到底在老家干什么呢？"吴处问。

"办一件重要的事。"卫晟南回答。

"比自己的前途还重要吗？你再不回来，我可警告你，你……"

卫晟南匆匆挂了视频。她简单收拾了一下，出门去见沈嘉林。

沈嘉林的父母都不在越城，大屋子只有沈嘉林一人住着。读书的时候,学校就盛传沈嘉林家所在的地段非常贵。见识了Ｓ市的房价,卫晟南觉得,还不如多花一点钱在Ｓ市买房,毕竟越城的房价不比Ｓ市便宜太多。

与颜科家一样,沈嘉林家也是独栋的楼,但要比颜科家大许多,进屋就是满墙书架。也可以说,书是这屋子的墙壁,从一层到三层,只要有墙壁的地方,就有书架,它们是这屋子里最令人惊叹的摆饰。

"你家里人呢?"卫晟南问。

"他们平时不住在这,在Ｓ市。他们把这儿当储藏室的,一年半载才回来一趟。"

"从高中开始?"

"从初中就这样了,一直是我一个人。"

原来从初中就一直是他自己住着。卫晟南从前从来没有留心过这些细节,也似乎从来没有认识过沈嘉林一般。

"看你那副同情怜悯的表情,"沈嘉林指着卫晟南嫌弃道,"我很耐得住寂寞的,没你想的可怜,其实一个人住挺好的。"

见卫晟南还要往三楼走,他主动打开了通往阳台的门。

顶楼俨然是一个空中花园,郁郁葱葱全是茂密的扶郎花。

卫晟南惊喜地跑过去。她自高中起就喜欢这种茎秆特别长,花色繁多的植物。

"你种的?"卫晟南上手就摘,不一会儿摘了一把。

"一个朋友种的,我偶尔浇浇水。"沈嘉林说。

摘了花,两人回到一楼客厅。卫晟南要去卫生间取水插瓶儿,被沈嘉林唤到厨房:"来厨房接水,厨房的水龙头有过滤器,水质好。"

"就是得有点微生物……"没容卫晟南说完,她就被推去了厨房。

"你那套过时了,会加速花茎腐烂的。"沈嘉林寻了一只空瓶,接了半瓶水,往里兑了盐和糖,把花放了进去。

"你今天找我,不会是心血来潮吧?"沈嘉林问。

卫晟南摇摇头:"不是,我找你有事。"她从包里拿出空白的请柬和信,以及在肖婷婷和李玥那里搜罗的线索,展示给沈嘉林看。

"我最开始以为是你弄的,后来才知道不是。"卫晟南说。

"我没这么浪漫。"沈嘉林说,他起身从书柜里取出一封一模一样的信,"常年没人收拾邮箱,差点跟一堆报纸杂志一起扔了。"

卫晟南打开沈嘉林这封,请柬都是一样的,信上却一个字都没有写,一片空白。

"什么都没有。"反复检查了几遍,卫晟南失落地说。

卫晟南把自己陷进松软的沙发里,一言不发。她怀疑过肖婷婷,也怀疑过颜科和沈嘉林,现在他们都排除了。

"你问颜科了吗?"沈嘉林问,"这像是他能想出来的主意,"沈嘉林一脸嘲讽的笑,"幼稚不堪却又自以为浪漫得不得了,好像只公鸡一样到处打鸣,四处宣扬。"

"不是他。"卫晟南说着,想起了李玥,一阵烦躁。

"你们俩还是没联系?"沈嘉林问。

卫晟南说:"刚回越城的时候,我……"她本来想说相亲的时候,觉得不好开口,就说,"家庭聚餐的时候碰上了,在电梯里面,没多说话。"

沈嘉林换了个能看到卫晟南表情的位子:"我很好奇,你跟颜科之间到底发生了什么,导致现在老死不相往来。"

"我也很好奇,你跟蔡情之间到底发生了什么,导致你明明喜欢她,却一直拒绝她。"卫晟南丝毫不示弱。

果然一提这个话题沈嘉林就开始不耐烦:"谁说我喜欢她?"

"如果你不喜欢她,我提到她你压根不会有任何感情波动。你这样的反应,恰恰代表你就是喜欢,最起码曾经喜欢。"卫晟南转为主动,继续说道。

"你再多嘴我只能赶你走了,赶紧走赶紧走。"沈嘉林开始逐客,卫晟南没当真,但看他的模样确实不像开玩笑。

"我一会儿还有事情要跟人谈,约了人见面的,你赶紧把客厅腾出来。"沈嘉林帮卫晟南把东西拾掇好,"我没那么多时间陪你玩侦探游戏,你去薛中天那里问问,或者找找蔡情。"

卫晟南已经被推出了门外,她说:"高考后蔡情就失联了。"

"那你去找颜科。"门和话音均落上。

沈嘉林送走卫晟南,把靠窗的帘子全拉上,开了卫生间的门说:"出来吧,走了。"

颜科正坐在马桶上用手机打游戏,见状踱步出来,伸了个懒腰。

"你最好等一会儿再出去,没准儿她还没走,门口碰上多尴尬。"沈嘉林似笑非笑地看着颜科。

"干吗这个表情看着我?你房子租给我这么久,我就是主人,该出去的是你。"颜科冲沈嘉林扔了个枕头,坐到他的对面。

沈嘉林摇摇头:"不能理解你们这些年轻人,老鹰捉小鸡一样,看得我心急。明明S市有房子住,偏偏租我的房子,一赖好多年,天天开车从越城赶到S市上班,有毛病。"

"你不懂,这里能让我放松,我只是周末来这里住两天,平时还回S市住的,也没天天。"颜科的目光落到了刚插好的花上。

"你说卫晟南着急查这些,是不是觉得是你弄的?"沈嘉林好笑地说,"倒像是你的风格。"

颜科只笑不答，拿了喷壶给花喷水。

沈嘉林看他专注的样子，叹了口气："真不知道你们在耗什么。她拿了几封信到处查证，你给她种了满天台的花，谁也不告诉谁，真有意思，也太有意思了。"

"有时候我挺羡慕你的。"颜科突然说。

沈嘉林倒是头一次听到颜科说羡慕他，挺了挺腰："真的？羡慕我什么？"

"羡慕你情商低，好像大脑哪块儿没发育好似的，非得什么东西都放在你鼻子底下，你才相信是真的。"

"放在我鼻子底下的也有可能不是真的。"

颜科把花瓶往沈嘉林面前的茶几上一放："我给你讲讲什么是真的。"

沈嘉林一副请便的样子。

"高考前，发生了一件事情，导致我和卫晟南再也没办法好好相处了。学生时代的感情实在是娇弱，跟这花一样，没人打理，次日就枯死了。"颜科道。

突然响起的敲门声把两人吓了一跳。沈嘉林询问地看着颜科，颜科从猫眼往外一看，卫晟南在门口站着。

"沈嘉林，我东西忘了拿。"她在外面喊。

"哎，来了。"

沈嘉林拉开玄关处的柜门，把颜科塞了进去。柜子里是他的户外运动器材和运动鞋，空隙很小，只能半蹲着。

颜科与卫晟南只隔了一扇门。

他感受着卫晟南进屋后带来的微妙变化，听着沈嘉林和她有一搭没一搭的对话，有想与她见面的冲动，却没有勇气实施。

曾经也有过一次这样的相遇，也是这样近的距离。颜科在会议室站着等远洋国际生物科技部的销售代表，身边是姥爷季院士和刘默柏女士。同为院士的刘默柏比姥爷年轻了十多岁，姥爷却管她叫老师，带着再明显不过的讨好意味。姥姥去世早，颜科不反对姥爷再寻老伴儿。

"刘老师，我前几天已经把姜琴的联系方式给颜科了，不知道他们这些小辈儿们联系上没有。"姥爷说。

"小孩子们的事情，让他们自己去忙活吧，我们就不操心了。"刘女士含糊地说，"姜琴毕竟是那边带来的，对我这个后奶奶啊，你也懂的……"

颜科倚着玻璃墙百无聊赖地向外张望。外面走廊上来来往往的全是孕妇和新生儿，每个人都忙忙碌碌的，脚下带风，身着白衣的更甚。

"颜科，你不如直接回去，反正这个项目也不是你负责，站在这里……"姥爷压低声音对颜科说道。

销售代表和工作人员进来了，正在与医院的总务管理处工作人员接洽。颜科正要走，被刘院士拦住了。

"既然是颜科介绍的，那你也一起参加会议吧。"

颜科正要回绝，却看到走廊尽头一个女医生匆忙跑过来，接一名急产的孕妇。

尽管只看到了侧脸，但颜科知道那就是卫晟南。她剪短了头发，染了发梢，没化妆的脸被灯光照得滋润又细腻。

不过十秒，她再次消失在视线中。

颜科对着众人客气地笑着："那就一起吧。"

远洋国际的员工代表上前握了握颜科的手："谢谢颜老师，有您在这儿我们也有底气了。"

"这是你们的主场,我就旁听。"说着他在姥爷身后找了个位子,这里刚好能看到整条走廊。

会议大约持续了一个多小时,卫晟南也终于从走廊一头出现了。她扶着右手的手腕,脚步仍是着急的,与迎面走来的女医生打招呼。

隔音太好,他什么也听不见。

看她的眼神,依然如学生时代般单纯。这些年她应该是过得好的,如此他也就放心了。

"颜总是跟我们一起,还是另有安排?"销售代表问了好几遍,他才回过神来。他怕自己留下就走不了了,只好回道:"你们先下去,我随后就到,咱们一起回公司。"

他与姥爷和刘院士告别,眼睛却忍不住往卫晟南站着的方向张望。

"你小子心不在焉的,看什么呢?"姥爷责怪他。

"哦,姜琴。"刘女士认出与卫晟南站着说话的女医生,意外地看着颜科,"你们见过了?"

姥爷自告奋勇要把姜琴叫到会议室来,两人正式见下面。如果是往常,颜科一定反对,但他今天没走,等着姜琴进来。他想与她说说话,毕竟她与卫晟南认识。

姜琴比他大方,主动要送他去车库。两人并肩在医院走着,颜科一身的商务西装,头发全部往后梳,不留一根乱发,姜琴对他兴趣不大。女人总能准确地判断出男人是否心猿意马,更何况颜科表现得如此明显。

到了分别的时候,姜琴客套道:"留个联系方式吧。"

颜科毫不犹豫地把沈嘉林的微信号写给了她,她接了去,随意往包里一塞。

门忽然拉开,光线刺眼,打断了颜科的追忆。

沈嘉林站在柜门前,说:"出来吧,她走了。"

颜科装作若无其事状,从酒柜里拿出瓶起泡酒:"庆祝一下?"

"有什么好庆祝的?"沈嘉林郁闷地说着,坐回沙发,打开了电视。

庆祝重归于好的重逢吧,或许这是一个契机。颜科在心中说。

5

卫晟南把蔡情送回家,看着她安全进了家门后,才返回自己的家。时间紧,她晚自习要迟到了,但有两本书没拿,她一路跑着回家。进了家门,发现卫晟北尴尬地立在客厅里,给她使眼色,无声地让她赶紧走。

"你在这儿站着做什么?"卫晟南奇怪地问,探头往卧室看了一眼,见卫母低着头在床边坐着,看不清表情。

卫晟南的脑子嗡的一声,全身的血呼呼往心脏走,胸腔憋得要爆炸了。卫母竟在翻她的抽屉和柜子!

听见动静,卫母抬起头,她的面色发红,双眼好似哭过,手里拿着卫晟南的一沓信。她和肖婷婷、蔡情分班后,时常用信件联系,她们在信中大篇幅地讨论着颜科和沈嘉林。尤其是最近的一封,卫晟南还未寄出,她把那个雨夜的屋檐下发生的事情一字不落地跟她们描述了一番。

"卫晟南,你居然……"

"你为什么翻我东西?!"卫晟南咆哮着打断卫母的质问。她本不是个能声嘶力竭辩论的人,可谁都有软肋,这一针直戳到她最隐秘，最羞涩，最难以启齿的部位。那是她的心，血淋淋的心。

"你为什么要这样？！"

卫晟南一把夺过卫母手中的信，推开她，穿着鞋爬上床，把东西统统归置到一个盒子里。

她双臂搂着箱子，像搂着全部家当，摔门而出。出了门她的腿开始发软，卫母没有跟出来，身后安静极了。卫晟南从未这样过，以前她即使再不满卫母的管制，也只是在心里嘀咕几句。出了门她觉得自己很陌生，连同身边的世界也陌生起来。耀眼的灯光晃着她的眼，她无处可去。

没有去学校，她面色平静地捧着满是与颜科有关的东西，走在大街上，融入人群令她有安全感。可当夜色渐深，人群散去，她越发恐慌起来。走累了，她坐在马路边上，不知该怎么办。

她本不是个有勇气的人，凭着隐忍和耐性，她活得还算安全。是的，安全。她怕极了动荡不安，怕极了冲突，倘若事情能够一成不变地维持原状，她再高兴不过了。但今天不知哪根筋搭错了，实际上，自从遇见颜科，她所有的筋都开始错乱掉了。

颜科就如同一个破坏者，肆意拆除着她周围的堡垒，而她不觉得愤怒，反而觉得这是合理的。现在，即便他不在，她也有了铠甲，有勇气对令她不适的一切说不。

她第一时间想到了颜科，于是在路边的电话亭打电话，除了家里的电话号码，她唯一记得的就是颜科的手机号。她打了两遍，但颜科没接听。

从电话亭里出来，她无处可去，但没去找肖婷婷和蔡情，而是去了沈嘉林家。沈嘉林走之前告诉她，他先去 S 市找父母住着，准备出国的东西。越城这栋房子空着，钥匙在门垫下的第三块方砖下压着。他的父母几乎不回家,所以她如果什么时候想一个人待着,可以去那里凑合一下。

她掀开门垫,果然在砖下找到了钥匙。她打开沉重的门,一股潮湿发霉的气味扑面而来。她试了下门廊的灯,长久没人住,断电了。房子里的家具蒙着防尘布,她又乏又累,蜷缩在沙发上睡着了。她做了一夜的梦,梦见卫母哭泣的脸,以及老师们失望的眼神,还有颜科冰冷的、事不关己的表情。卫晟南哭着醒来又睡去,折腾了一夜。

一向稳重且规矩的卫晟南居然一夜未回家,第二天全校都在议论。卫晟南还未进教室门,就被卫母等一干人拦住,七嘴八舌地追问她昨夜去了哪儿,有没有出什么事。

人群中没有颜科。卫晟南拨开不停拉扯她的手,往教室里走。颜科在位子上坐着,他知道卫晟南进教室了,可是却低着头,没看她。

卫晟南希望能碰上颜科的眼神,哪怕是个装作若无其事的眼神,但是没有。她疑惑了,在颜科的位子前站了一会儿,他依旧没抬头,而是继续写着作业。代公式,列步骤,井井有条,好像面前无人一般。

所有人的目光都盯着一坐一站的二人,关心着卫晟南的一举一动。可颜科太反常了,他周围似乎有个无形的罩子,隔绝了一切。

卫晟南失望地回了自己的位子。

她没有看到,颜科放在腿上的手骤然握了起来,关节发白,青筋毕露。

"大家好好学习吧,回来了就好,快高考了,都收收心吧……"老徐站在讲台上说。

卫母等人还在窗外站着,唯恐卫晟南再消失了。直到第二节课后,他们才在老徐的劝说下离开。

卫晟南一天没听课,她直直地望着颜科的背影,期盼他能写个纸条过来询问状况。全班都在议论她与颜科的事情，唯独他像是聋了哑了一样，一言不发。

下午，颜科搬着桌子跟着隔壁班的老师走了，依旧没有与卫晟南有任何的眼神交流。

他转班了。

卫晟南的心跌到了谷底，她坐在位子上，终于把脸埋在臂弯里哭了。他怂了，他居然先于她怂了。

太莫名其妙了，太难以置信了。卫晟南边哭，边恨恨地回忆着与颜科的点点滴滴。他因不愿意换座位与老徐公然对抗，他敢逃掉考试，他敢把卫晟南护在身后，撒着不着边际的谎，一向自诩天不怕地不怕的颜科居然在高考前夕退缩了？只要高考结束，他们不就自由了吗？难道再熬这么十几天都不行？

晚自习放学，下着雨。卫晟南没拿书，没打伞，在学校门口等颜科。雨越下越大，雨水淋湿了她的头发，她的衣服，她的鞋子。她浑身如同泡在水里的海绵一样，沉甸甸的，冷得浑身发抖。来往的学生奇怪地打量着她，可她不在乎。颜科出来了，他看到卫晟南站在门口的样子，愣了一下，快步走到她的面前，给她撑着伞。见她抖得好像筛糠，颜科立马把外套脱下来披在她肩上，却被她拽下来丢开。两人面对面，卫晟南盯着他，他的目光望着她身后的某处。

"你为什么转班？"卫晟南问。

颜科把伞往她手里一塞，侧过身走了。

卫晟南追上去。

颜科说："卫晟南，以后别来找我了。就要高考了，我不想影响学习。"他停顿了一会儿，继续说，"而且，现在学校里什么样的谣言都有。我跟你不一样，不想让人对我和我们家说三道四，所以以后我们还是不要再见面了吧。"

卫晟南转过身看颜科的背影，嘲笑自己这是干什么呢。她把颜科给的伞往地上一扔，淋着雨回家。一阵风吹过，伞打着旋儿滚到路边的泥泞之中，雨水在伞布上弹跳着。

雨停了。五月的夜晚突然变得温柔动人起来，空气中的水汽混合着路边植物的味道，很是好闻。一轮硕大的月亮升上天空，没有一缕云遮蔽。

地铁两站地，她步行回去的，边走边哭。起初只是大颗大颗的眼泪往下掉，后面开始泣不成声。

美好的五月的夜晚，卫晟南哭得发烫的脸被晚风轻柔地抚触着。

回到家，卫母与她冷战。在吃饭的时候，卫父低声劝她："快高考了，收收心，别跟他联系了吧？"

卫母听罢，把碗筷一扔，起身离开了饭桌，留下父女三人面面相觑。卫晟南觉得头昏脑胀，摸索着也要站起来离席，却又跌回座位。她只觉得浑身发冷，膝盖发软。

"你怎么了，姐？"卫晟北关切地问，但不敢说得太大声让卫母听见。

卫晟南没能回答。她上次生病落下了病根，紧接着高烧，又淋了冷雨，她眼前一黑，顺着椅子缓缓滑落倒地。失去意识前，她眼前是颜科空洞的双眼。

一连几天，颜科都没去学校，他也不知道卫晟南病了的事。

这一天，颜科正在家里复习，无意中翻到有卫晟南做笔记的那页，心一阵绞痛。

今天颜母有牌局，没坐在他的身后看着他复习。他用指尖抚摸着卫晟南纤细的字迹，她的傻样浮现在眼前。

忽然听到外面有敲门声，他光着脚去开门，打开门愣住了。卫晟南搬着箱子站在外面。

"东西还你。"她不想进屋。

颜科伸出手翻翻，里面是这些年来他们写的小纸条、信以及互赠的礼物。他被这些狠狠地烫了一下，不敢接，缩回了手。

见颜科没有接的意思，卫晟南把箱子放在地上就要走。忽然听见颜母与邻居的谈笑声，她窘得无处可逃，被颜科一把拉了进去。

"你藏好。"颜科把她推进衣柜里，关上了柜门。

衣柜是实木的，颜科给她留了条缝隙进空气。

里面黑漆漆的，放满了颜科的衣物。卫晟南扒拉着两件衣服往外看，只能听见楼下颜母与颜科的声音。

"妈，你怎么回来了？"颜科问。

"我回来换件衣服就走了，阳台上的衣服收了没有？你这孩子，在家也不做点儿家务，真是的。"颜母说着上楼来，从颜科屋里过去，走到阳台上取衣服。

"衣服干了不收回来，要晒褪色的。"颜母嗔怪道。

"我又不知道，从前都是阿姨收拾这些，我快高考了你把阿姨辞掉了，还把我当阿姨使唤。"颜科往课桌前一坐，看上去若无其事，但手却略微有些抖。

"你个懒蛋，只求你以后别给我找个懒蛋儿媳妇，我就谢天谢地了。就你那个同学卫晟南，家里脏得一塌糊涂，那个房子又矮又黑，在那种环境中长大的小孩，我告诉你哟，一个个都跟人精似的，扒高踩低往上爬，要爬出她那个原生家庭……"

"妈！"颜科吼了他妈一声，"卫晟南家不脏，就是东西多！"

"我说的都是真心话，你还小，没有社会经验。我告诉你，你别看卫晟南跟她家里人都一副清高的模样，其实都是装的。小胡同里的工薪阶层，都晓得吃相不要太难看这个道理，越想要，越装得要推开。人家说那个卫晟南最初还跟老沈家的小儿子不清不白的，老沈家有先见之明，把儿子送出国了。你呀你，要不是我狠不下心，也把你五花大绑送出去了……"

终于把颜母送走，颜科赶紧跑回自己的卧室。屋内安静极了，他打开柜门，里面坐着满脸是泪的卫晟南。她睁着一双无神的眼睛，汗水把额角的头发都濡湿了，贴在头皮上。

"这就是你不再搭理我的原因吗？"卫晟南问。

颜科不知该如何回答。他原本想告诉卫晟南，那夜她没回家，卫母找到他家里来的事。可现在颜母这番话令他无法开口，事情开始变得复杂了，并且向他无法控制的方向滑去。

"对不起。"颜科说，他知道这三个字如今说来很可笑，也不是他的本意。

"这就是你疏远我，转班的原因？"卫晟南微仰着头问。

颜科不是隐忍的人，他想全盘抖出卫母来找过他的事儿，可就算抖出又怎样，他现在能给卫晟南什么？就在几分钟前，她刚刚受了自己母亲的一顿奚落，她何其无辜。这么想着，倒不如什么也不说。颜科痛苦地默认了。

卫晟南冷笑一声，转身走了。

一直到高考结束，他们俩都没再见面。高考成绩公布那天，他站在同学之间，接受大家的祝贺，祝贺他考上了北京鼎鼎有名的医学院。她的成绩不甚理想，成绩条都是同桌代领的。

颜科几次打电话到她家，都是卫晟北接的。她告诉颜科，卫晟南找了个家教的活儿，教小学生英语，每天都不在。

毕业后的日子颜科过得并不快乐,他时常在学校晃悠,频繁地去找蔡情聊天。

蔡情在颜科姥爷介绍的疗养院住着,她的腿因为二次损伤,可能以后都无法跟正常人一样走路了。

颜科在花园的长椅上见到了读书的蔡情,坐到她的身边。蔡情没抬头就知道是颜科来了。

"读书啊,很罕见。"颜科调侃她。

蔡情笑笑:"读他读过的书,这可能是我唯一能接近他的渠道了。现在突然能理解为什么一开始他总跟卫晟南搭讪了。"

提起这个颜科心中不快,在最初他与卫晟南没挑明心意的日子里,沈嘉林简直是他的一块心病。

"你说说看为什么。"

"他与卫晟南的性格有相似之处,跟卫晟南这类型的人在一起,他会比较踏实。如果能意识到这点呢,说明他并不喜欢卫晟南,出于自恋,会对卫晟南很好,他的心理会得到补偿。如果意识不到这点,可能他会误以为自己爱上卫晟南了吧。"

"沈嘉林那么聪明,应该能意识到吧。那他和你呢,你分析分析。"

蔡情把书往膝盖上一扣:"这个分析不了,事情到了自己身上就没法儿分析了。"

"那我和卫晟南呢?"

蔡情看着颜科:"你们还没和好吗?"

颜科摇了摇头:"没有,她躲着我。如果我再遇到她,也不知道该怎么办。"

蔡情问:"我真好奇你们俩到底发生什么了,怎么闹到这步田地。"

颜科阴沉着脸,望着对面草丛上一只缓慢爬行的蜗牛。那天卫晟南一夜未回,卫母上门兴师问罪,直接问颜科要人。

"自己女儿管不好,上我家找人,这是什么道理?"颜母跟在气急败坏满屋找人的卫母身后,冷嘲热讽道。

颜科急着穿外套,伞也没拿就要往雨地里冲,被颜母喝住:"你去干什么?人是你弄丢的,还是你藏的?"

"妈,这都什么时候了,外面下那么大的雨,她一个人怎么办……"

"闭嘴,你今天要出这个门,别怪我不客气!真不明白了,一个那种家庭出来的女的,要长相没长相,要才能没才能,你看上她哪儿了?"颜母转到颜科面前,堵着门。

"你怎么说话呢?"卫母收起了眼泪,声色俱厉地问。

颜科拿了把伞,把卫母从屋里接出来,拼命甩开颜母拉扯的手。他急了,大声说:"当初你不也是不顾姥爷反对跟我爸来的越城,你看上我爸哪儿了啊?"

颜母一愣,没想到自家儿子当着外人揭她的短。颜科趁着她愣神,赶紧护送着卫母出屋,身后她还在喊:"就是吃了这一堑才长了智,门不当户不对的婚姻你觉得……"

雨声太大,模糊了颜母的声音。

走到雨地里,颜科才发觉雨太大简直无法前行。地上的积水已到小腿肚了,打伞也无大用,飞溅的雨水把他们都淋透了。

颜科说:"阿姨,要不你先回去,雨太大了,我觉得她应该不会出事。我来找,找到了我会告诉你们一声。"

他推测卫晟南应该去了沈嘉林家,可又不能告诉卫母,就把伞给了她，想独自去找卫晟南。转身的瞬间卫母拉住了他的胳膊。

"颜科，我就知道，你肯定能找到她。"卫母的声音突然恢复了平静，她似乎一直在等颜科提出去找卫晟南。颜科隔着雨帘看卫母的眼睛，可怎么都不懂其中的意味。

"算阿姨求求你，你放过卫晟南吧。"卫母的声音在巨大的雨声中显得格外苍老，"颜科，你是个好孩子，成绩好，人也聪明。说实话，我女儿能跟你做朋友，是她的福气。这不怪你，她更无辜，怪就怪阿姨叔叔没本事，不能给卫晟南一个好前途，什么都得靠她自己努力。可是自从她认识了你，成绩退步得厉害。我咨询了你们班主任，他说根据卫晟南最近几次模考的成绩，能否过本科线都说不准。你家的条件我也看到了，你从小接受的教育环境是最好的，你们俩一起玩，她跟你学，但那一套在她身上行不通你懂吗？她只能靠死读书，靠考一个好大学翻身。等你们再大一点儿，因为社会地位导致的差距会越来越明显。你觉得是在帮她，其实是在害她，你懂吗？"

卫母的话不严厉，甚至是温柔和真诚的。她连问几个懂吗，颜科不懂，他被问得愣住了，雨声越来越大。

手机响了，他浑然不觉。

他记得，他当初是说了一番话的，表衷心一定能给卫晟南一个依靠。可这样的场面话说出来，他自己听着都觉得假，哪怕他说的时候，是真心这么想的，真心想要给心爱的女孩一个好的未来。

颜科告别了卫母，在沈嘉林家中找到了熟睡的卫晟南。他立在门前，没有进去。他满脸是水，分不清是泪，还是雨。

回到家，他发现手机上的未接电话提醒，是个没有备注的座机，他回拨过去，久久无人接听。

有一段时间，颜科觉得他与卫晟南之间隔着层什么东西，十几岁时候心意相通的感觉没有了。在开会的时候碰到过她几次，远远看着她与人谈笑风生，觉得着迷又陌生。

他时常想起蔡情的一句话——读他读过的书，会觉得距离沈嘉林近一些。他也开始慢慢尝试靠近卫晟南，比如学习她怎么花大量的时间去整理房间，清洗一切可以水洗的东西，晾起的衣服一定不能有皱褶，要抻平，这样穿在身上才会板正。把所有的脏衣服洗干净，晾在阳光下，整洁有序，这让他觉得卫晟南就在自己身边。

他们不在一个城市了，有时候他想去她所在的地方转一转，可找不到理由，成年人做事总要找个理由的。但孩子不一样，孩子随心所欲，想怎样便怎样。想见一个人，可以在她家楼下等着，等着她与家人出来，他便装作不经意出现，在街上晃荡。

高考结束后的某一天，越城停电了，全城停电。大家热得无法在家待，纷纷走上街头。

颜科也出来了，他觉得能碰到卫晟南，于是就往她家方向走，走了一段，果然看到了他们一家五口。

卫晟南考得不好，她的眼神空洞又茫然，步履缓慢地在家人身后跟着。她应该是看到了颜科的，因为她回了两次头。

夏天穿得单薄，卫晟南的腰细得能消融在夜色里。她回头的时候，有一缕头发从耳朵后面掉了出来。

这是少年时代的他们最后一次见面。

6

假期余额用尽了，什么头绪也没查出来。卫晟南犹豫再三，给刘默柏打了一个电话，响了一声那边很快就接通了。

"这么快?"卫晟南笑,但笑得很尴尬。一向忙碌的刘默柏能这么快拿起电话,说明真的是赋闲在家了。

"人走茶凉,现在没人给我打电话了。"刘默柏开始自嘲,"你还没回单位?"

"没呢。"卫晟南轻声说。

"那你办完事再回去……倘若需要调岗……我会找找老同事看看能不能……"刘默柏的语速变慢了,且没了从前的自信和魄力。

卫晟南安慰了刘默柏一番,没说太多话便挂了电话。她心情也不好,那么努力地工作,请了一星期假而已,单位里就发生了这么大的变化。她心有不甘,对未来充满了担忧。

卫晟南在越城挨到了结婚请柬上的那天,2月14号,晚上十点半,地点是实验一班。不管怎样,今晚终于要见分晓了。

她拿着手电筒,因为她记得实验一班前的廊灯是坏的,也不知修好了没。她探头看到门卫大叔在看相亲节目,24位女嘉宾正集体选择男嘉宾,每灭一盏,大叔就遗憾地哎呀一声。

卫晟南猫着腰,从正门绕过去。如果没猜错,保卫室后面的墙应该还是坏的。

她蹲下身,用手抠了抠砖,果然,她笑了。这个洞是每一届毕业生都知道的秘密,专门留给喜欢迟到或早退的"不安分子"的,颜科他们管这个叫"狗洞"。

卫晟南把洞打开,钻进学校,又转身把洞补上,小跑进了教学楼。实验一班的教室还在,只不过换成了别的班牌。她用手电筒照了照班牌,又看了看手里的请柬,犹豫着是不是要去找新的实验一班。

"你鬼鬼祟祟地干什么呢?"冷不丁一个声音在她耳边响起,卫晟南吓脱了手,手电筒滚了老远。

她吓出了一身汗，原本感冒鼻塞，现在也通畅了。

"你……谁……"她哆哆嗦嗦地问，边问边蹲下身摸索着地上的手电筒。

那人没回答，又问："你怎么不开灯？"

"怎么……怎么开……"

那人重重一拍掌，整条长廊顿时灯火通明。光亮来得突然，卫晟南用手挡着眼睛，她从指缝里看到了颜科。

颜科手里拿着她的手电筒，无奈地望着她。一时间，卫晟南产生了时光倒流的错觉，似乎现在是那年的晚自习，两人故意磨蹭到最后一起走。

"科技在进步啊，卫晟南，灯都不会开了吗？那你怎么给病人做手术，难道用这个？"他晃了晃手上的手电筒。

"你……你怎么在这儿？"卫晟南有很多话想问，但话到嘴边却成了最白痴的问题。

"那你怎么在这儿？"颜科忽视了她的尴尬与不适，拉了两下门锁，"还挺结实。"

"我收到结婚请柬，上面的地址……"

"有发卡吗？"颜科忽然回头问，眼睛盯着卫晟南。他们目光交汇，卫晟南似乎变回从前那个呆傻的姑娘，胡乱摸了摸头发，答道："没有。"

"连个发卡都没有，你是不是个女人？"颜科还是以前那样，不放过任何一个奚落卫晟南的机会，说着从口袋里掏出个黑色发卡来。

"你带着发卡，那你是女人吗？"卫晟南回了句嘴。

颜科边捣鼓锁边说："可以啊，现在能接住话了。"

门咔嗒一声，开了。

颜科打开了灯。墙壁被粉刷过，桌椅布局变了，一切都变了，从前实验一班的痕迹几乎全都没有了。

卫晟南往从前的位子走去，空间小了，椅子矮了。她望着颜科前后走动着，东摸摸西看看，猴儿一般走来走去。

他今天穿了件长款的黑色羽绒服，走路的时候带着轻微的布料摩擦声。即使卫晟南不扭头，听声音也知道他在教室的哪个方位。

"你是怎么找过来的？"卫晟南又问。

"我啊，"颜科走近了，在她隔壁一张桌子上坐下，"我跟着你过来的。"

卫晟南扬扬手里的请柬："这个，你也有吧？"

突然灯被人关了，教室里一片黑暗。

颜科嘘了一声，卫晟南吓得紧紧抓住了颜科的胳膊。

"别闹了，谁？"颜科大声问。

无人回答。

突然从窗户底下钻出两个人来，一个是沈嘉林，一个是薛中天。

"好小子，快过来让朕踢一脚。"颜科追着他们俩，三人爆发出阵阵笑声。

"行了，要是让人听见了，非把咱们都赶出去不可。"卫晟南提醒他们。

"知道了，老大。"薛中天一弯腰，躲过了颜科的连环踢。一声老大把卫晟南瞬间拉回高中时代，只不过喊她的人已发了福，头发也留长了，只有笑起来时依稀有着年少的影子。

三人坐在从前的位子上，薛中天给另外两人看他女儿学走路的小视频。卫晟南一抬头，眼眶有些潮，她看见了肖婷婷。

肖婷婷穿着家常衣服,面色红润。卫晟南怕她见了薛中天会尴尬,便上前挽住了她的手。但她挺淡然,探头看薛中天女儿的视频,说:"这你闺女?长得跟你一模一样啊。"

薛中天讪讪地笑笑,摸摸头,关了手机:"既然大家都到齐了,那就对对信息,是不是都是收到请柬来的?"

大家掏着口袋,把请柬以及随之寄来的东西放在桌子上。

看着桌上的旧物,大家都有些感慨。沈嘉林说:"薛中天,这是不是你搞的同学聚会?"

薛中天无辜地说:"不是我。"

"那你怎么说既然大家都到齐了,要对信息?如果不是你搞的,人齐不齐你怎么知道?"沈嘉林问。

"这不是都到齐了吗?"薛中天环顾四周。

"还有一个人,她没来。"沈嘉林说。

是的。卫晟南咬住下唇,蔡情没来。

7

几个人面面相觑,气氛一度十分尴尬。

沈嘉林把玩着一枚硬币,硬币在他灵巧的手指间滑动,看得出他非常焦虑。

"站着也是无聊,不如好好聊聊天吧。沈嘉林,这么多年没见,你怎么突然回国了?"肖婷婷问道。

沈嘉林说:"说实话,我当初挺不愿意出去的……"

他话还没说完,大伙开始起哄。薛中天怪叫着说:"大公子,这么多年了你这臭屁样一点也没有变。"

薛中天的话没错,他当初是这群人中最幸运的一个。

"我当初挺不乐意去的，但被爸妈逼迫，只好遂了他们的意愿，到了那边，我……"他眼前一晃，似乎回到他本该参加高考那天，他一个人坐在候机室外，而他的爸妈都在贵宾室里。他远远地与他们拉开距离，似乎这样可以保留最后一点尊严。

最重要的是，他老觉得会有人来送他，于是始终没有去安检。沈母第三次站在安检门里面喊他，而不是打电话。她是故意的，让旁人都听见，给他更大的心理压力。

他慢吞吞地站起来，往安检门处走去。他不知道蔡情此时正瘸着条腿，在路人大叔的搀扶下，往他所在的方向疾走。

她已经看到了沈嘉林的背影，以及沈母。大叔显得比她还要着急，问："看见你对象了没？"

蔡情纠正："不是我对象，是同学，同学！"

"得了吧，同学的话至于费这么大劲追着赶着。"

"那个就是。"蔡情指着沈嘉林的背影说。

"那快点儿啊，赶紧跑。"

蔡情带着哭腔说："我腿疼，跑不了了。"

"那你在这儿站着，我去把他给你叫过来，叫什么名字来着？"

"沈嘉林。"

"沈嘉林！"大叔边喊，边跑着去追沈嘉林，一路引得众人侧目。

大叔的声音被机场的噪音淹没，但好在速度够快，他赶到沈嘉林身后的时候，他正要往安检门里走。

大叔着急地抓住沈嘉林的肩膀："小伙，后面……后面……"

"哦，您要着急的话，您先。"沈嘉林给他让出条道。

"不是，后面有个人找你，她说是你同学……"

"嘉林，快点，你爸说他心脏不太舒服，叫你过去一趟，他的速效救心丸在你那儿吗?"沈母牵住沈嘉林的手,将他领了进去。

"喂,小伙,你同学……"

"哪个同学,你又是谁?"沈母问。

"我是个路人,"大叔说,"你同学来送你了。"

"谁?"沈嘉林漫不经心地问。他往远处望了望,只看到人头涌动的候机大厅。

人啊,好渺小,太容易被淹没。

大叔为难了,他不知道蔡情的名字。沈母再一次催促,播报员已经开始播报,催促着乘客登机。

沈嘉林转过身,跟着沈母进了安检门。大叔着急地冲着沈嘉林的背影喊道:"她腿坏了一条。"

沈嘉林站住了。

"她腿坏了一条,好像是摔的。"大叔又重复了一遍。

沈嘉林站定了片刻,面无表情地转过脸,对大叔说:"让她赶紧回去吧。"说毕,配合完安检工作走了。

到了飞机上,他跟身边的沈母说想要睡会儿,于是用毛毯盖住了脸。从外面看,他似乎真的是睡着了,呼吸平稳,一动不动。然而,眼眶附近的毛毯却被逐渐濡湿了。他哭了,泪水流得不动声色,压抑在喉咙深处的呜咽,被掩盖在飞机巨大的轰鸣声中。泪水只要是留在越城,哪怕是留在越城的上空,就代表是为了她流的,就代表是诚实的,就无法狡辩地代表他真的动情了。

蔡情执拗告白的样子再一次在他脑海里出现,她倔强地抬着下巴,嘴里说:"沈嘉林,我喜欢你!"可是脸上的表情却像在说:"沈嘉林,我要杀了你。"

沈嘉林忍不住笑了,一切都历历在目,好似昨日少年歌。

他们头上的音响突然发出尖锐的噪音，打断了沈嘉林的回忆。众人都捂住了耳朵，一阵调试的动静后，一个捏着嗓子的女声响起。

"实验一班的余孽们听着，请速到升旗台集合。余孽们听着，请速到升旗台集合，谁不来谁是鳖孙。请速到升旗台集合，谁不来谁是鳖孙。"

"谁啊，恶作剧呢吧？"薛中天问。

"下去看看吧。"颜科提议。

众人下了楼往升旗台走去，刚刚进入围绕升旗台而建的草坪，四盏探照灯齐刷刷地对着他们的脸照过来。卫晟南的眼睛被刺得睁不开，正欲用手遮，颜科已经用胳膊替她挡出一方安全的阴影来。

"卫晟南、颜科、沈嘉林、薛中天、肖婷婷，你们几个怎么回事，我的婚礼也要迟到吗？"

卫晟南还没看到升旗台上立着的人，眼泪已经唰地落了下来。这声音已多年未听过了。

是蔡情啊！她回来了。

8

待卫晟南慢慢适应了光线，她发现周围挺多人的。她跟着颜科慢慢往前走，走向升旗台，蔡情穿着中式婚纱站在那里。她认出了几个高中校友和同学，他们亲切地与颜科打着招呼，百分之九十都与颜科熟识。

走到升旗台下，他们看到了老徐。老徐年纪大了，嫌冷，西装外面套着军大衣，手持话筒，给蔡情当司仪。

卫晟南眼里含着泪水，握住了蔡情的手。

卫晟南有许多话想问她，这么多年为何躲着自己，她到哪里去了，过得开不开心，如今怎么突然想起在一中举行婚礼诸如此类的问题。但话涌上来却无从开口问，有太多话想说反而无话，只好静静地捏着她的手，两人流着泪相视而笑。

音乐响起，老徐开始说："大家静一静啊，静一静，现在我宣布婚礼正式开始了……那是谁，还说话，要不我把话筒给你，你上来说个够……"

众人一阵笑，老徐一点儿也不像个司仪，他还是当班主任时训话的那一套。

颜科两三下把长款羽绒服脱了，露出一身笔挺的银灰色西装。他从口袋里掏出支绒花戴上，飘带上写着"伴郎"。他想都没想，直接把衣服递给卫晟南，让她帮忙拿着。

"好小子，原来你一直都知道。"薛中天捶了颜科一拳，他有些激动，不仅他，肖婷婷和卫晟南也很激动。卫晟南心里怀疑过颜科与蔡情串通一气，但没想到他能瞒这么久。

"你别怪他，是我逼着他这么干的。"蔡情忙向卫晟南解释。

卫晟南抹掉眼角的一滴泪，抿着嘴用力摇摇头。她用余光瞥向沈嘉林，沈嘉林呆站着，眼睛怔怔地望着一袭红衣的蔡情。

"有请新郎上台。"老徐指向卫晟南他们站的位置，一盏探照灯缓慢挪了过来，太刺眼了。

灯光的中心是沈嘉林。全场一片哗然，卫晟南的心跳开始加速，她望着强光下的沈嘉林，身边的肖婷婷替她惊呼出了她想说的话——蔡情她在最后一赌吗？

沈嘉林穿着月白色的大衣，暗红的羊绒围巾，浅驼色裤子和浅口靴子，若不挑剔，与台上的蔡情简直是天造地设。此时他整个人被灯光照着，任何动作都能被大家看得一清二楚。

他会上去吗？卫晟南替蔡情担忧。

他会上去吗？

他会吗？

所有人都看着沈嘉林，所有的人都为蔡情提心吊胆。

沈嘉林抄在大衣兜里的手缓缓拿了出来。人们没看到他接下来的动作，因为一个颤颤的声音在人群上方响起："对……对不住，我打错方向了，对不住，重来。"

循声望去，一个瘦瘦高高的黑影爬上了简易的三脚架，重新把灯调到另一方位。这次对了，光源中央立着一位身着红色西装的新郎，新郎的身后是颜科。

奏乐响起，老徐拿着腔调说："请新郎入场，迎接新娘，从此两人开始新的生活……"

老徐在说什么，卫晟南没听见。她的双耳嗡嗡作响，刚刚的乌龙事件把她的心脏甩向外太空，又重重扔回地球。她几乎在灯光照向沈嘉林的时候打算尖叫了，如果沈嘉林真的上去抓住了蔡情的手，那她会是除了他俩以外最开心的人。

可惜不是他。

卫晟南看着沈嘉林离开了婚礼现场。所有人都起立望向新郎新娘的时候，只有他背向而行，直至消失在卫晟南的视野里。

卫晟南想起还在读书时，她与沈嘉林聊起蔡情，沈嘉林说过这么一句话，若无感情，怎么会风起林动。

语毕，两人都望向学校旁边的树林。树梢随风摆动，发出轻轻的哗哗声。时光静谧，莺飞草长。

卫晟南重新看向升旗台，新郎她从未见过，气质与样貌没有一丝像沈嘉林的地方。他就是他，眼睛热切地望着一身红衣的新娘，他不是沈嘉林，面对蔡情的邀请，他是一定会上去的。

流程快结束的时候，吴晓磊加入了他们这一桌。一个人笑他："吴晓磊，你刚刚是不是故意的，不怕蔡情会跟你急吗？"

吴晓磊憨厚地笑笑，摸摸头，他的目光与卫晟南隔空相撞，对视的一刹那，卫晟南就明白他的心思了。他可能不是有意的，因为他是下意识的。实际上在座的所有人都心知肚明，大家早已把蔡情和沈嘉林捆绑在一起了，但造化弄人。

蔡情同新郎转到他们这一桌来敬酒，她换上了小礼服，看上去比婚礼礼服体积小很多。看到大家，她对一直揽着她的新郎说："这桌我一定要亲自陪，因为这桌都是我的亲人。"她说到最后两个字眼时，声音微颤。

新郎很尊重她的意愿，先去他亲属那桌坐着等了。颜科在卫晟南旁边坐下，一身酒气。

薛中天打趣蔡情："人家都是中午办婚礼，你偏偏挑晚上，我听说二婚才晚上办，你跟新郎什么情况……"

"去你的，"蔡情捂着嘴笑，"我也不想晚上办，大冷的天，可几个重要的人只有这个时间段能聚在一起。哎，也不瞒你们，我家那位的确是二婚。"

"二婚的大叔知道疼人。"肖婷婷插了句嘴。蔡情立刻挽着肖婷婷和卫晟南，笑得开心极了。这一瞬间，卫晟南觉得好似回到了少年时代，没想到一晃十年过去，两位好友都已为人妻。

"他不在乎我……"蔡情的声音并没有压低，她落落大方地说，"他不在乎我有条腿不方便，我也不在乎他是二婚，我们俩挺合适的。"

蔡情下意识地扶扶那条不方便的腿，脸上笑靥如花。

她也没在意沈嘉林的离席，虽然那曾是她青涩得发苦的少女时代的梦想。

"颜科忽悠我们，该罚他。"薛中天斟上满满两杯酒，一杯递给颜科，一杯自己拿着。

颜科不推托，一仰头喝了，放下杯子又倒了一杯。

薛中天也无声地喝了，桌上每个人都开始给面前的小酒杯斟酒，然后轻轻碰下，大方喝下。没人说话，唯恐一张口，回忆来得太猛烈，教人分不清过去与现在。

吴晓磊打破了沉默，他说："蔡情那时候是我们大家的心肝宝贝，再没比她更宝贝的了，是不？"

薛中天也有些醉意了，他接话说："对，人漂亮，讲义气，是一枚大飒蜜。"

"对，没想到蔡情也结婚了。蔡情都结婚了，说明咱们大家真的都老咯。"颜科转着手里的杯子，说道。

"你什么意思？你直接说我是剩女呗！不过你让晟南怎么想，还有你，在座的只有你俩是单身吧？"蔡情挤对他。

"她可不是剩女，哈哈哈……"颜科笑，笑得特别夸张，众人都无法理解地望着他，包括卫晟南。

"她是'晟南（剩男）'……"颜科快被自己的冷笑话乐死了，捂着肚子哈哈大笑。

瞄见卫晟南的无奈脸，颜科怕极了她端着的样子，唯恐她不高兴，连忙倒了杯酒："你别生气，我自罚一杯。"

众人都喝得挺高兴的，连卫晟南也喝了点儿。虽然在户外，可热得浑身发烫。婚礼结束后她与蔡情互留了联系方式，约好次日一同喝茶逛街。她一定要好好盘问一下蔡情，为什么这么多年来都不联系她。

9

卫晟南向新郎新娘告辞之后,颜科送她回家。喝了酒,新郎建议他叫代驾,颜科拒绝了,说:"走回去。"

两人并肩而行,就像少年时放了晚自习,两人一起回家那样。看着地面上一高一矮两个影子,卫晟南只觉时光未曾变动过。

"你的手冷吗?"颜科问。

还未等她回答,颜科主动而自然地抓住她一只手,连同自己的手一起放入了羽绒服的兜儿里。兜儿里有层绒,很暖和,他的手更暖和。

但卫晟南无声地将手抽了出来。

两人慢吞吞地走在街边。

"你一直和蔡情有联络吗?"卫晟南问颜科。

"高中毕业后联络过,后来慢慢就淡了。直到上个月她委托我,想办场有意义的婚礼,也借这个由头把大家重新聚在一起。"

"那些以前的小纸条和信,都是她保存的吗?"

颜科停下来,认真地看着卫晟南说:"是我保存的。"

卫晟南说:"我以为那时候你都烧掉了。"

寒风让卫晟南昏昏的头脑清醒了些,她又想起当时颜科的退缩,以及彻底分开后万念俱灰的悲痛。她花了好久才把自己治疗痊愈,如今只是这点怀旧的气氛和暧昧的对话,就能让她稀里糊涂地忘却曾经发生的那些事吗?

"我快到家了,你回去吧。"

"不是还有段路吗……"

"颜科,可以了。我们都不是小孩了,过了今晚,你不要再找我了。"卫晟南决绝地说。

一时间，卫晟南有些恍惚，她又想起高考前的那个雨夜，颜科是如何跟她说的。

"从今以后，不要再来找我了。"

只不过这回说拒绝的人是她。

身后异常安静，卫晟南独自往前走着。她走了一段儿，回头看，发现颜科静静跟着，与她保持两米多的距离，她走他也走，她停他也停。

"我看你到家了就回去。"

现在的卫晟南已不像少女时期那样胆小怕事，以前的她会顺从着颜科，他愿意跟着就跟着，含含糊糊不挑明也没关系。但此刻，卫晟南早已长大，她想也没想折了回去，直面颜科说道："现在你想跟着，那当初为什么要走？"

颜科没说话，他知道她说的是什么。

卫晟南又问了一遍，他仍是不回答，她只当他又怯懦了，冷笑一声说："颜科，大家都是成年人了，我要的不是暧昧的对象，而是个可以携手一生的人，就像蔡情和她老公那样，一个倒下了，另一个会伸手牢牢接住。那时候你向我伸出手，我拉住了你，可到了紧要关头，你却松手了，只剩我一个人，那算什么呢？现在我们这又算什么呢？瞒着家长，瞒着朋友，只不过是从十六七岁变成了二十六七岁……"

见颜科想说话，卫晟南步步逼近，质问道："你想说什么，我躲在柜子里时你妈的那套说辞？我配不上你和你的知识分子家庭，我们的感情是没有结果的，即使有结果也没有好下场是吗？我们是平等的，难道出身差的人就不配拥有一个好的人生吗？我有好的工作，专业技能不比别人差，未来十年我肯定要比他们都好。"

"卫晟南，不是你，其实是我。"颜科耐心地等她发泄完，轻声说道。

"是我的错，我妈说得不对，不是你配不上我，是我配不上你。"他认真地说，"我那时候有什么？我可以炫耀的，不过就是我爸妈的社会地位而已。往大里说，他们还没沈嘉林的父母有身份，所以阶级方面我不再赘述，没有意义，我就说我们。高中时代的我一无所有，你妈说得对，我不能给你承诺什么，你只能靠自己。倘若因为我你没考好，我却没有任何能力帮你争取到更好的未来，对你来说一点也不公平，我不能害了你。转班和不再联络，我也一样痛苦，这么多年来，你虽然没见过我，可我一直在你身边。你在医院里工作，我时常去看你，你不开心了会去你家旁边的居酒屋喝点清酒，喜欢靠着窗户坐，不拉帘子。你每年过生日都要去爬一次八公山，你在前面走，我就在后面跟着，还担心如果你崴了脚的话，我要不要暴露上去救你。但你经常去医院对面的健身房锻炼，身体素质好极了，一次也没受过伤，我还挺遗憾的。我租下了沈嘉林家的房子，在上面种了你最喜欢的扶郎花，尽管你可能不会看到。还有这个，"他用手指碰了碰卫晟南脖子上的围巾，"这条围巾是我的，那时在肖婷婷的婚礼上，你冻得嘴唇都紫了……"

"那不是冻紫的，是紫罗兰色的口红！"

"好吧。卫晟南我说这一切，可能你又会觉得，我在一厢情愿地给你小恩小惠了，但这么多年来，认识越多的人，越觉得你好，始终是你好，我无法让自己开始没有你的生活。即使没有蔡情的婚礼，我也会去找你，哪怕你拒绝我，我也要试一试，以免自己留下遗憾。"

"你刚刚说,我妈说得对?"

颜科无奈地说:"我本不想告诉你的,怕影响你和阿姨的感情……"他便把那天雨夜发生的事情原原本本向卫晟南复述了一遍。

"对不起。"颜科道歉。

卫晟南听了道歉心中并无太大感觉,她说:"你这句对不起对我说没有用,你要穿越回去,跟17岁的卫晟南说。"

"好,如果你知道怎么穿越回去的话。"颜科真诚地说。

卫晟南看了看手腕上的表,说:"闭上眼,给你一分钟,你现在穿越回去了,回到我找你的那天晚上。大约是五月份的天,空气中有股好闻的春天的味道,月亮很好。你对卫晟南说,以后不要再联系了,她哭着往家走,边哭边走,边走边哭,不知道未来该怎么办。她不知道你到底是怎么了,她想要一个答案,但是你没有给她。"

然后,27岁的颜科闭上了眼睛,他真的看到了17岁的卫晟南。她哭得眼皮红肿,满脸是泪,一个人在夜晚的路边走着。

颜科疾步冲了过去,他拦住了17岁的卫晟南。

"你是谁?"卫晟南抽噎着问。她是真的很痛苦,痛苦从她瘦弱的身躯中爆发出来,而她承载不了,身形都在摇晃。

颜科说:"我是颜科,十年后的卫晟南让我跟你说句对不起,我不该武断地替你做决定,并且是在不了解你心意的情况下。"

"对不起。"他说。

17岁的卫晟南看着颜科真诚的脸,她可能是真的原谅他了。

颜科睁开眼睛,面前是与他同龄的卫晟南,看着他微微地笑:"还有十秒钟,你还有什么话要跟17岁的卫晟南说的。"

"有。"

"请讲。"

"做我女朋友吧。"颜科说。

卫晟南听罢颜科的话,笑了。

她用手拢了拢头发,凛冽的风能使她的大脑清醒。她嘴角咧咧,说:"颜科,你输了。"

颜科不解地望着她。

"还记得读大学的时候,我去找过你吗?"卫晟南问。

颜科心中一凛,他当然记得。那时候他刚进大学,一切都是新鲜的。李玥与他同系不同班,她在一次上大课时主动坐到了他的身边,还贴心地给他带了早点。

李玥与卫晟南截然不同,她是主动的,无须追逐,她自己就能迎上来。颜科像所有刚进入大学的青年人一样,强烈的自由感使他飘飘然。他默许李玥与他双入双出,在所有人眼中,他们是般配的一对儿。他们一同上课,一同吃着爆米花看电影,抓娃娃,打网游。但自从卫晟南那晚来找他后,两人开始频繁地吵架,都说要分手,却始终分不利索。直到她不甘心,跟着颜科来了越城。

"对不起。"颜科轻声说道。

"不用因为你过去的生活向我道歉,那都是你自己的选择。"尽管想起从前的片段就心痛,可卫晟南还是冷静地说道。

此话一出,颜科知道,他面前的这个女子已不是那个戴着眼镜,被动地等待着他去找的卫晟南了。

"颜科,你跟我妈犯了同样的错误。你们并不能影响我,能影响我的只有我自己的心。高考时我受困于自己的心,以致失利,跟你没有任何关系。你们都错了,以为一个哀求,一个应承,就能够左右我的人生。都说为我好,只知道为我好,只讲好不好,不讲对与错。我花了好多时间在自己的专业上,全年不敢休假,每天最多允许自己睡五个小时，没有任何娱乐活动。我用尽全力才与你出现在一个会展，与你并肩而坐。你有家人作支撑，而我只有自己。可当我与你坐在一起的时候，我发现自己变了，我已经不是从前的那个卫晟南了，但你基本未曾变过。我要感谢你，有些成长必须得在痛苦中发生。如果不是你，我不会像今天这样，这么有底气与你站在一起。我一个人在陌生的城市游逛时，总觉得你在身后跟着我，但是回过头来我发现没有。那一刻我意识到，你不是我的出口，任何人都不是我的出口，只有我自己才是自己的出口，只有我自己才能救自己一命。你知道吗？从那天起，我虽然难过，但不再是因为你了。我是为我自己觉得懊悔和惋惜。"

说完，她转身走了，只听见高跟鞋碰撞地面的清脆声，而颜科也再没跟来。

这个冬季的夜晚就像一场梦，卫晟南想。蔡情突如其来的婚礼，呛人的白酒，老徐的军大衣，以及颜科迟到的告白，都缥缈极了。这一刻，卫晟南无比感激自己已经二十六七岁了，而不是十六七岁，因为那个年龄的她无论答不答应颜科，都还要独自走一段夜路，一段只能她自己走的路，她从少女蜕变为成熟女性的路。

她转弯的时候站住了，对着颜科挥手告别。颜科远远地站着，看不清他的表情，但他也是挥了手的。

"卫晟南，我——"颜科的声音远远飘来。

卫晟南回头看看，她与颜科中间隔着一段人行天桥。

"我们还有机会重新开始吗？"颜科问。

卫晟南突然能看到他的脸了，只不过不是现在的他，而是十年前面孔青涩，身穿校服，因为打球不注意，额角带伤的颜科。他距离卫晟南很近，近得能够嗅见他身上淡淡的洗衣液的味道。她也变了，变回那个十六七岁的卫晟南。两人相视而笑。

十年前的卫晟南满心欢喜地喜欢着面前这个少年。

十年后的卫晟南说:"再说吧。"声音小得自己都听不清,想必颜科更无法听清吧。

卫晟南脑海里兀自想起李叔同的《送别》。

一杯浊酒尽余欢,今宵别梦寒。

尘归尘,土归土。如今的你再好,我始终不能像从前那样,完全把自己交给你了。她想起那个独自逃到沈嘉林家中的高中生卫晟南,想起每当压力过大就一定会在晚上梦见颜科的实习生卫晟南,以及现在这个卫晟南。陪伴她时间最长的永远是她自己。

世间始终你好,世间始终我最好。

颜科,我曾经最珍视的梦想,终究只是一场梦罢了。

尾声

"来给我当伴娘吗?"

刘默柏女士的电话打来时,卫晟南刚结束一台手术。她举着还未来得及清洗的、血淋淋的手,用肩膀夹着手机与她说话。

"当然去啊,我一定到。"卫晟南笑着。

"听说当伴娘次数多了,可就嫁不出去了。你要不带男伴来,我都不敢让你当呢,将来嫁不出去可别怪我。"

卫晟南说:"那我恐怕是要嫁给医学了。"

刘默柏退休后,卫晟南服从了部门调剂,负责院内感染控制,明升暗降,她毫无怨言。S市是她自己的选择,无论结局怎样,她心里踏实极了。

挂了电话,卫晟南望向镜子里的自己,镜子里面的女子身穿淡蓝色手术衣,口罩上方是一双疲惫、带血丝的眼睛。忙到连续三天没回家了,她哪里有时间去找男伴。

刘默柏女士婚礼那天,卫晟南请了一天假。礼服送去干洗没能及时取回,她只好穿着参加酒会的礼服,不严格挑剔的话,也还说得过去。

匆忙别上胸针,她下了车。

刘默柏女士身着婚纱,与新郎一起站在门前迎宾。看到卫晟南笑盈盈地走来,忙上前握住她的手。

刘默柏女士的手心里全是汗,冰凉得如同一块石头,她握着卫晟南的手好似终于抓到了一根救命稻草。卫晟南诧异地望着这位叱咤医学界的女中豪杰,她从未见刘女士这般模样过。

她穿着裁剪简单的藕荷色绸缎礼服,头发高高盘起,无任何装饰。她挽着卫晟南往里走,怯如一个初出阁的二八少女。

"这是我的第三段婚姻了,孩子们都不愿意来。"刘女士说,"他们都没来,唯独你来了。"说毕眼圈有些泛红。

果然,偌大的场地里,年轻人寥寥无几。

"你先去后面歇会儿,一会儿伴郎会来,到时你们先聊着。"刘女士匆匆安顿了卫晟南,掀开帘子离开了。

这应是舞台的后台。在易拉宝的后面,有许多梳妆镜和上妆用品。镜子映着镜子,照出无数个卫晟南来。她穿着红色的礼服,有段时间没做有氧运动,肚腩好像凸出来了。她郁闷地站起来,捏着肚皮上的肉感叹着年纪大了,新陈代谢果然慢了,稍微吃点儿赘肉就出来了。

她掀开礼服裙,把裙摆往腰上一系,拍打着肚皮上的肉。丝袜太紧了,勒得她喘不过气。她用力扯着丝袜的裤腰,想把腰拉松弛一点。

"你先在这儿等着,一会儿那边主持人喊你,你再跟伴娘……"

有人突然进来了,连门也没敲。卫晟南从镜子里看到刘女士带着一名西装革履的男青年,边说边笑着走了进来。

他们从镜子里看到了狼狈的卫晟南,卫晟南也从镜子里看到了他们尴尬又想绷着笑的脸。

"想必你们已经认识了吧?"刘默柏女士憋着笑,帮卫晟南把裙子放下来,故作镇定地揽着晟南的肩膀说,"再给你们介绍一下,颜科,这是我的徒弟卫晟南。卫晟南,这位是我一位故友的外孙,他是今天的伴郎。"

刘默柏女士用手绢拭拭眼睛:"若不是季院士走得早,我还想着……"她没再说下去,"你们聊啊,我先出去忙了。"

"嗯,您去忙,待会儿见。"颜科彬彬有礼地向她道别。

关上门,拉好窗帘,颜科面对着门轻轻调整了下呼吸,转向了卫晟南。

"好巧啊。"卫晟南说。

"是挺巧,我们有半年多没见着了吧?总能在没有被告知的情况下遇到你。"颜科还想补一句来着,看来即便我们以前不是同学现在也能认识。

"你……你坐吧。"卫晟南结巴着说。

颜科问:"坐哪儿?"

也是,屋里唯一的化妆凳在卫晟南屁股底下坐着。

呆望着颜科,卫晟南给他让出座位来。

颜科好像脖子不舒服似的,低着头迅速坐到她的旁边。凳子小,两人像幼儿园小朋友般挤得紧紧的,并肩坐在凳子上,双手放在膝盖上。

忽然外面喧闹起来,看上去是西式的婚礼,却放着唢呐版的《婚礼进行曲》。老年人的品位很吊诡,喜欢西式的服装与布置,却不喜欢西式的氛围,于是来了个中西合璧。

颜科先忍不住笑了,又觉得不礼貌,于是用手捂住了嘴。紧接着是卫晟南，卫晟南看着镜子里两人盛装的样子，笑得浑身乱抖。两人终于消融了刚见面时的尴尬，笑得肆无忌惮，笑得身心舒畅。

"婚礼开始了。"有人在外面敲门提醒他们。

两人同时站了起来，推开双拉的门，走向热闹的婚礼现场。卫晟南受邀出席过的婚礼也有几场了，可现场大部分嘉宾都是老人的婚礼还是头一次参加。

卫晟南立在刘默柏女士身后，时刻待命，听从司仪的安排拿戒指，准备酒杯。人声鼎沸，她不得不全神贯注才能不分神。加上身边站着一副无所事事模样的颜科，她更得专心致志了。

颜科几次想找她说话，都被她平静地避开了。他倒有耐心，等在一边，待她递完酒盘之后，问："你又调回临床了？"

"你怎么知道的？"卫晟南不似颜科那般肆无忌惮，压低声音问道，"刘院士告诉你的？"

"不是她，我听我爸说的。卫晟南，你现在可是今非昔比了，一举一动业内都有人关注着呢。"颜科说。

"听说你也调回S市了。"卫晟南接话道，不等颜科问，她补充一句，"我们医院前段时间与你们公司续订了一份疫苗合同，同事闲聊时听到的。没想到你会做这行，还做得风生水起。兜了一大圈，不还是子承父业。"

"哎，不不不，子承父业的话，我现在应该与你并肩奋斗在手术台上，累得连腰上的赘肉都没有时间减。"

"你不是说没看见！"

"看见一点点啦……"

典礼结束后，两人坐在亲属一桌用餐，好像彼此都有话要说，但谁也没说。饭毕，卫晟南祈祷快来一台手术，她好能离开这儿，可偏偏一个电话也没有。

"你好像很急着走呀，倘若是自己的婚礼，也这么着急走吗？"颜科戏谑地问。

"你怎么又想调回Ｓ市了呢？"卫晟南冷不丁地问出了困扰自己很久的问题。

颜科打了个哈欠，冲她眨眨眼："你不愿意向我走一步，我只好勉为其难，只好纡尊降贵，只好向你走过来咯……"

番外一 一封没寄出的信

卫晟南：

你有没有这样爱过一个人？爱着他，好像全身的燃料都被用完了。爱完了，自己也成了一片废墟，盲目到失去了自我。那时候，我的世界里全是他，我每一次呼吸，每咽下一口食物，每走一步路都是为了他。

有人说，倘若爱上一个与你相反的人，这段感情才致命。

好致命，我从此没了再去勇往直前爱一个人的能力，从此跟谁都有所保留。

跟你们相比，我是失败的。他走了，你考上了大学，颜科上了重点，薛中天和肖婷婷虽然没有你们走得长远，但也有了自己的人生目标，而我呢？

我渴望别人对我刮目相看，最初在班里成立小团体，我是中心。

可现在我是一个失败的人。

我孤注一掷，跑去找他。为什么去找他，难道他会为了我留下来吗？更何况我的腿再不能像正常人一样行走了。现在的我冷静下来，站到他的位置想，开始理解他拒绝我的理由了。

"一个人若是只为了爱情活着，那不能叫活着，那是寄生。"

你想啊，以前的我可不就是寄生在他的身上，他是我赖以生存的养料吗？

我躲了起来，是颜科找到了我。不得不说他是朋友中最了解我的人。有时候，我怨恨过你，为什么你没能找到我呢？说起来，颜科身上有种东西很可贵，他很少去评价别人，好与坏，对与错，他都不问，你需要的话，他就出现帮你一把，然后离开，不求任何回报。

我躲了你们许多年，你们不曾得知过我的任何消息，但我从颜科那里多少听到一些你们的消息。我知道，这不公平，可我始终没有勇气站出来。

我要结婚了，新郎不是沈嘉林。我之前从未像现在这样如此渴望去联系你们每一个人。颜科找到了所有人，包括沈嘉林。他把在时间中迷路的大家一个个捡了回来，重新拼在了一起。

他真的很爱你。我从未见过像他这样的男人，那么专情和深沉。我们爱人的方式好相似，这大概也是我们能成为朋友的原因吧。同类人成为朋友，相反的人不由自主被彼此吸引，然后陷入不可知的未来。谁有勇气赌一把，谁或许就能最终获得幸福。

他帮了我许多，现在我想帮他一把。我把空白的结婚请柬邮了出去，并且说服他把我们从前的点点滴滴附在信中。

我没有把握你是否会来，理性的卫晟南，按照从前我对你的了解，你大概是不会来的，可我还是得试一试。

有时候，人需要点儿冲动，不是吗？

永远是对的，无比正确的卫晟南，是否会像愚蠢的蔡情一样，为了曾经的一段回忆，奋不顾身呢？

我不知道答案，只好赌一把。不知道，这场我赢了没有。

蔡情

番外二 答案

2009年有一个答题游戏在学生群体中传疯了,游戏名字是这样的:"点击下面的链接回答问题,提交后会看到你喜欢的人的答案。"

卫晟南、沈嘉林、蔡情、薛中天和肖婷婷围在一起,伸着头看颜科操控着电脑。

第一个问题是:输入你喜欢的人的名字。

第二个问题是:输入你的名字。

"万一喜欢的人不填答案,那岂不是看不到了?"蔡情问。

"骗人的吧?你随便试试。"薛中天建议。

"我试试看。"颜科在第一个问题后面输入"王老五",第二个问题后面输入"李小四",然后点击提交。

只见屏幕上弹出一个窗口,上面写着:想要看你喜欢的人的答案吗,请缴费100元。

"果然是坑人的,散了散了,"薛中天嚷嚷道,"真是缺德玩意儿。"

晚上,沈嘉林在网上查资料,又有一个同学给他发来了这个链接,邀请他玩这个游戏。

反正就一百块,试试呗。

沈嘉林先在第二个问题后面输入了自己的名字，他犹豫了一会儿，手指颤抖地输入了"蔡情"二字。

付了费，又弹出一个窗口。

"再缴费100元，可以输入任意人的名字，看他/她喜欢的人。"

沈嘉林又交了一百。

又弹出一个窗口。

"再缴费1000元，你喜欢的人会彻底爱上你。"

沈嘉林交了1000元。

他坐在电脑前，看着窗口慢慢变大，一行新的字闪烁着出现。

"恭喜你，你所喜欢的人会爱你一生一世。"

窗口消失了。

时隔两天，沈嘉林去教室的路上，听见有人在热烈地讨论着前几天流行的游戏。

"听说了没有，那个'猜猜你喜欢我吗'的游戏开发商被逮起来了。"

"啊哈，是吗，为什么呢？"

"说是诈骗！"

"哇——"

惊呼声此起彼伏。

"难道真的有傻子付钱去看答案吗？"

"都被逮捕了，肯定是有人上当啦！"

"就是一直不停地让你交钱，但就是不给你看答案。"

"专挑纯情的人骗，骗子真的好可恶……"

沈嘉林经过他们时，微微一笑。

游戏开发商被逮捕后，后台数据被技术人员公布，密密麻麻有成千上万个名字。地上白花花的一片打印纸，可还没有打完。

"这些都是受害者的名字吗？"一个人问。

"是的，追回的部分款项会一一退还。"另一个人回答。

新的打印纸被填上，打印机重新工作，一行行名字被印了出来。

"李晓雪爱章强一生一世。"

"刘光爱李璐一生一世。"

"梁晓爱张波一生一世。"

"梁山伯爱祝英台一生一世。"

"女儿国国王爱唐三藏一生一世。"

"罗密欧爱朱丽叶一生一世。"

"沈嘉林爱蔡情一生一世。"

"肖婷婷爱薛中天一生一世。"

"颜科爱卫晟南一生一世。"

后　记

我时常会因为别人的故事而哭泣。

我曾在一本颇有些年代感的日记里发现这么几句话。

"十年了吧，我现在很想你。尽管手机里有你……就是想你了。"

"尽管手机里有你"这句话没说完，且被划掉了。

这是一个很厚的、带密码锁的本子。因为长期处于潮湿封闭的空间中，纸张泛黄且脆弱，虽然密码锁还很结实，可是本子的书脊坏掉了，轻轻一掰就散了。

打开了日记，通过字迹对比，我发现这是两个人，一男一女，一来一往，时间跨度长达七年的通信，以日记的方式记录下自己的生活，然后返给对方。

信上的内容全是一些琐碎的事情，琐碎到你去任何一所中学里，都能找到一大把这样的故事。

真正震撼我的，是字迹。

男主角的字往左倾斜，下笔有力，字写得有棱有角。女主角的字轻飘，往右斜，软塌塌的，画横时尾巴带个尖儿。

刚开始两个人的字迹对比鲜明，简直是截然相反。倘若字如其人，那么这两个人恐怕没有一点相似之处。

但越往后翻，两个人的字越相像，像到我看不出出自谁之手。

发生了什么我不清楚，清楚的是，这两人因为爱情，在努力向对方靠拢，在靠拢的过程中，不断磨砺着各自身上的棱角。恐怕有很多争执吧，恐怕有很多眼泪吧，恐怕有很多伤痛吧，但最终他们找到了一个平衡。

这个故事没有一个完美的结局，他们不断错过对方，似乎没有过共同区间。

应读过此书的编辑们的请求，我给了他们一个好的结局。最初有人提出的时候，我是不情愿的，但随着提出这要求的人越来越多，我心软了。

这是一部自我写书以来，写作时间最长，修改次数最多的一本书。书名最初是《小幸运》，写到最后发现"小幸运"三个字已经承载不下这个故事，这已经不是一个女孩的幸运，而是她从懵懂到逐渐觉醒，最终彻底掌握自己命运的独立女性的成长史了。

最后，我面朝大海，祝愿天下有情人终成眷属。

2015年8月于北京完稿
2018年5月于连云港定稿